ベリーズ文庫

目を覚ますと初めましての御曹司と婚約してました

〜君が記憶を失くしても、この愛だけは忘れさせない〜

滝井みらん

STARTS
スターツ出版株式会社

目次

目を覚ますと初めましての御曹司と婚約してました
～君が記憶を失くしても、この愛だけは忘れさせない～

目を覚ますと初めましての御曹司と婚約してました
～君が記憶を失くしても、この愛だけは忘れさせない～

彼に綺麗だと言わせたい

「おはよう、葵《あおい》」

朝、目を開けると、まるで王子さまのような眉目秀麗《びもくしゅうれい》な青年が私を見つめて微笑《ほほえ》んでいた。

その美しいブランデー色の瞳があまりに甘く、あまりに優しくて、胸のドキドキが止まらない。

「……おはよう」

寝起きの顔を見られるのが恥ずかしくて、少しずつ視線を逸《そ》らしながら挨拶を返すと、彼が私の頬に両手を添え、半ば強引に目を合わせてきた。

ドキドキを通り越して、心臓がドッドッドッと爆音を立てる。今心電図を測ったら、きっととんでもない数値になっているに違いない。

「体調は？」

彼は毎朝、私に同じ質問をしてくる。しっかりと目を合わせてくるのも、私の些細《ささい》な変化を見逃さないためだろう。

「いいわ。頭もすっきりしてるから、点滴なしでも過ごせそう」

明るく笑ってそう答える私を、彼がやんわりと注意する。

「ダメだよ。勝手に判断しない。まずは朝食を食べよう」

「うん」と返事をする私の頭に、彼がチュッと口づける。

父親が娘にするような優しいキス。

こんなやり取りが毎日続いている。

彼は私の父親ではない。兄でもない。

――私の婚約者。

紳士的で優しくて、私に極上に甘い。

手術をして目を覚ました時、彼は柔らかな笑みを浮かべて挨拶した。

『はじめましてからはじめようか。俺は芹沢京介《せりざわきょうすけ》。葵の婚約者だよ』

婚約者という言葉はとても衝撃的だったけど、手術でなにも状況がわからず不安だったせいか、彼のその笑顔を見てとても安心したのを今でもよく覚えている――。

＊　＊

「『わあ、藤宮《ふじみや》先輩、そのアイスブルーのドレス、とっても素敵です』」

私の服を褒める後輩たちに、目を細めて微笑んだ。

「ありがとう。でも、あなたたちの方が素敵よ」

都内の有名ホテルで開かれた高校の弓道部の同窓会。名家の子息子女が集まり、立食形式で歓談していた。今は七月で外はうだるような暑さだけど、ホテルの中は涼しくて快適。おまけに料理はとても美味《おい》しい。

そんな華やかな会で私は全身高級ブランド物でまとめ、ある意味完全武装していた。ドレスはミネル、武器かと思えるくらい高いピンヒールはオルタン、身につけているジュエリーはマルティィエ、バッグと香水はティィオル。

ネイルもしてきたし、髪も美容院でブローしてもらったから完璧。

「『藤宮先輩、お久しぶりです。相変わらず綺麗《きれい》ですね。もうどこぞのお姫さまみたいですよ』」

スーツ姿が様になってきた男の後輩たちもやって来て、私に笑顔で挨拶した。

「ありがとう。でも、お姫さまなんて褒めすぎよ」

謙遜してみせる私の横で、親友の早紀《さき》がクスッと笑う。

「高校の時もそうだったけど、藤宮詣《もうで》で、盛況ね。葵は弓道部のマドンナだったたし、もう部員のほとんどが挨拶に来たんじゃない？」

ふんわりフェミニンなミディアムヘアが似合う彼女は、木村《きむら》早紀といって大手飲料メーカーの社長令嬢。小学校時代からの私の親友だ。

かくいう私は藤宮葵、二十六歳。親族は名だたる高級ファッションブランドをいくつも傘下に持つ『FUJIMIYA《フジミヤ》』を経営している。身長は百六十五センチ。イギリス人だった母譲りのサンドベージュ色の長い髪と琥珀《こはく》色の瞳は、皆綺麗だと褒めてくれる。目立つ外見と違って引っ込み思案な性格なのだけど、いつも人前では気丈に振る舞っている私。

「大袈裟よ。私はマドンナなんかじゃないし、先輩とも後輩とも仲がよかっただけ。なんだか気を張りすぎてちょっと喉が渇いちゃった」

空になったグラスを見せると、早紀が呆《あき》れた顔をする。

「もう水にしたら？　飲みすぎじゃない？」

「まだダメ。メインイベントが終わってないもの。飲まなきゃ足が震えそう」

親友にそう返したら、十メートルほど先でキャーという黄色い悲鳴が聞こえた。

その声の方に顔を向けると、長身の超絶美形が女の子に囲まれている。

それは学生時代によく見た光景――。

ライトブラウンの髪に、異国の王子のような甘いマスク。

オーダーメイドのスーツをカッコよく着こなし、優雅に微笑んでいる男性は、芹沢京介。

世界一の製薬会社『芹沢製薬』の御曹司で、副社長。彼とは中学から大学まで同じだった。意地悪で、悔しいくらいカッコいい、私の思い人――。

中学生の時は、女の子になら誰にでも優しい芹沢くんが軽薄な感じがして嫌いだった。それに、いつもコツコツ努力していた私を嘲笑《あざわら》うかのように余裕で勉強もスポーツもこなしてしまう彼に、嫉妬もしていた。勝手に私がライバル視していたのだけれど、テストでは彼がいつも首席で、私は万年次席。スポーツだって彼は球技も陸上もトップレベルなのに特定の部には所属せず、いろんな競技の大会に出ていた。それが許される存在だったのだ。

でも、高校でたまたま芹沢くんと同じ弓道部に入って、私は次第に彼に惹《ひ》かれていった。物腰が柔らかくて顔が美形だからというのもあるけれど、芹沢くんを好きになった一番の理由は、彼がなんだかんだいっても私がピンチの時には助けてくれたから。

普段は私にだけは意地悪で顔を合わすたびにからかってくるのに、高熱を押して出た弓道のインターハイでは決勝後に倒れた私を医務室に運んでくれたし、私がスランプに陥って的に当てられなくなった時は遅くまで残って指導してくれた。彼は個人的に中学時代から弓道をやっていて、都大会でも軽く優勝できるくらいうまかったのだ。

「相変わらず人気ね。韓流スターみたい」

少し引き気味に言う早紀の言葉を、うっとりと芹沢くんを見つめながら訂正した。

「韓流スターよりもすごいわよ」

地位も、金も、美貌も……彼は全部持っている。

「最近アメリカから戻ってきたんだっけ？」

早紀が確認してきて、彼に目を向けたまま小さく頷《うなず》いた。

「そう。弟の話によれば先週らしいわ」

私の二歳下の弟も弓道部に入って芹沢くんにかわいがられ、今でも彼と連絡を取っている。

早紀とそんなやり取りをしていたら、芹沢くんがゆっくりとこちらにやって来た。モデルのような優雅な足取り。キラキラして見えるし、彼の周りだけ異空間のような気がする。

会うのは大学の卒業式以来。芹沢くんは芹沢製薬入社後すぐにアメリカに赴任してしまって、日本にはいなかったのだ。

四年ぶりの再会に、ドッドッドッと心臓が早鐘を打つ。

あ〜、緊張で今一度自分の顔を鏡でチェックしたくなってきた。

落ち着くのよ、葵。平常心、平常心。今日こそは彼に綺麗だと言わせたい。

「やあ、藤宮さん、木村さん、久しぶり。元気そうだね」

芹沢くんから微かに香るラベンダーの香り。

口元に笑みを湛《たた》える芹沢くんは、私の記憶よりも数倍カッコよかった。四年の月日を感じさせる。身体も大学の時よりもがっしりしたかもしれない。それに、セクシーな男の色香が漂っていてますます素敵になった。周囲の女の子が騒ぐのも納得だ。私も『キャー』と叫びたい気持ちを必死に抑えている。

「芹沢くん、久しぶり」

早紀が彼に軽く返して、挨拶しなさいとばかりに私の腕を肘でつついてきた。

「久しぶりね、芹沢くん。アメリカはどうだったの？」

心を落ち着かせ、平静を装って私も挨拶する。

「いろいろ勉強になったよ。藤宮さんはアメリカ留学どうしてやめたの？」

彼がジーッと私を見据えて尋ねてくるが、なにを考えてその質問をしてきたのか読めなかった。

話の流れとしてはおかしくないけど、留学の話は弟から聞いたのだろうか。

大学卒業後、私はFUJIMIYAに入って広報の仕事をしていたのだが、父に『外の世界を見てきたらどうかな?』と勧められ、アメリカにファッション留学をする予定だった。ファッションの勉強ができて、アメリカにいる芹沢くんにも近づけて一石二鳥だと思ったのだ。それでアメリカの大学に留学している弟に機会を作ってもらい、芹沢くんに会おうと考えていたのだけれど……。

「気が変わったの。やっぱり海外だと食事が合わなくて肌が荒れちゃうし、プロポーションを保つのも大変だから」

彼の質問にギクッとしたが、澄《す》まし顔で答えた。

この理由なら芹沢くんは私らしいとすんなり納得するだろう。本当は留学をキャンセルしなくてはならない事情があったのだが、そんなことは彼は知らなくていい。

「まあ、今は日本にいながら海外のファッションも学べるしね」

彼はフォローするように言って、私をどこか値踏みするように見た。

さあ、遠慮なく褒めなさい。この日のためにどんなコーディネートにするかずっと考えていたんだから。

服を見せびらかすようにスッと背筋を伸ばしてモデル立ちする私に、彼はどこか楽しげな視線を向けてくる。

「気合いが入ってる……いや、相変わらず完璧だな」

その言葉を聞いて、思わず目を細めてしまう。

……言い直したのはきっとわざとね。それに褒めているように見えるけど、全然褒めていない。彼の感想には、皮肉が込められている。

気合いを入れているのは事実だ。でも、それを言い当てられてしまうのは嫌だった。

ああ〜、もっとあるでしょう？　綺麗だとか、似合ってるとか、いい言葉が。

女の扱いに慣れている彼なら、言うのは難しくないはず。他の女の子は笑顔で褒めているのに、どうして私は褒めてくれないの。

「芹沢くんは相変わらず女性にモテモテね」

地団太を踏みたいのを我慢して笑顔でやり返すが、悔しくて頬がピクピクした。

「なんだか言葉にトゲを感じるな。なにか食べた？　俺昼食べてなくて、腹ペコ」

お腹に手をやってニコッと笑う彼が、なんだか少年のように見えてかわいい。

これはギャップ萌《も》えだわ。

「ここの料理、ローストビーフが絶品だったわよ」

顔がにやけそうになるのを我慢しながら、料理があるビュッフェ台へ彼を誘導する。

チラリと後ろを振り返ると、早紀が私に向ってウインクしているのが見えた。

どうやら気を利かせてくれたらしい。

「芹沢くん、前菜から食べるでしょう？　取ってあげるわよ……って、ちょっと屈《かが》んで」

「ん？　どうして？」

芹沢くんが怪訝《けげん》な顔をしながら少し身を屈めると、彼のネクタイに手を伸ばした。

「ネクタイが曲がってるわ」

「ああ。ありがと。時間がなくて急いでたんだ」

軽く礼を言う芹沢くんの顔が急接近して、手が震えそうになる。

動揺は見せずになんとかうまくネクタイを直すと、彼から離れた。

「はい。これで完璧よ。料理、前菜から食べていく？」

ニコリと笑って気遣いのできる女をさりげなくアピールしようと皿に手を伸ばしたら、彼が背後から私の肩に触れてきたものだからカチンと固まる。

「藤宮さん、じっとして」

え？　え？　え？

なになに、なんなの～⁉

芹沢くんの吐息が首筋にかかるし、脳内はパニックだ。

人がたくさんいるのに、なにをする気なの？

背中に彼の服が触れて、ほぼ密着状態。息もまともに吸えず、心臓がおかしくなりそうだった。

これってよく漫画で見る人目を盗んでのイチャイチャシーンじゃない？

首筋に彼がチュッとするよう……な。

ひとりドキドキしながらそんな妄想をしていると、芹沢くんの手が私の首元に触れて思わず「ひゃっ」と声をあげた。

ブチッとなにかが切れる音がしたかと思ったら、彼のクスッという楽しげな笑い声が耳をくすぐった。

「藤宮さん、服にクリーニングのタグがついてた」

芹沢くんの言葉に青ざめていると、彼がオレンジの紙製のタグを私の手に握らせた。

その目はおもしろそうに光っている。

やだ、私ったら……初歩的なミスを……。穴があったら入りたい。

なけなしのプライドが脳内で風に吹き飛ばされていくのを感じる。恥ずかしくて、顔の熱がカーッと急上昇した。

「か、顔直してくる」

「え？　顔？」

芹沢くんが驚いた様子で聞き返してきたが、答える余裕なんてない。逃げ出すように会場を出てトイレに入ると、手の中のタグを見つめた。

綺麗だって言ってもらいたかったけど、うまくいかなかった。頑張ってお洒落《しゃれ》してきたのに、全部台無し。

「もう、なにをやってるの！」

タグを細かく切り裂きながらゴミ箱に捨てる。

肝心なところで抜けている自分に腹が立つ。

今日は大人の女性らしいところを見せて、彼にドキッとしてもらう予定だった。

ああ〜、テイクツーとかいってやり直せないかしら？

目の前の鏡に目をやると、顔が真っ赤になっていた。

こんな顔、芹沢くんに見られたらなんて言われるか。きっと『サルみたい』ってからかわれてしまう。早くもとに戻って。

顔の火照《ほて》りがおさまり、化粧を直して再び会場に戻ると、芹沢くんは女の後輩に囲まれていた。

「せっかく気を利かせてあげたのに、なにやってるの？」

早紀がやって来て呆れ顔で言うので、涙目で言い訳する。

「ちょっと緊急事態で一旦引いたの。服にクリーニングのタグがついたままで、それを芹沢くんが見つけて……ああー、私って馬鹿なの？」

「嘘《うそ》？　私、気づかなかったわ。ごめん。でも、かわいいじゃないの。そういう抜けてるところが男心をくすぐるのよ」

「慰めで言ってない？」

精神的にダメージを受けていて暗い気分で返したら、憧れの先輩に声をかけられた。

「葵ちゃん、早紀ちゃん、しばらく見ない間にすっかり大人の女性になったわね」

黒のボブヘアの女性は、私の一年先輩の岸本玲香《きしもとれいか》さん。すらっとしてスタイルがよく、ラベンダー色のドレスを品よく着こなしていて、とても可憐《かれん》だ。

玲香先輩は有名企業の社長令嬢とかではないらしいが、文武両道で美人で優しく、私の憧れだった。私が弓道部に入ったのも、部活見学で彼女の綺麗な射に魅せられたから。

凛《りん》として美しくて、自分も彼女のようになりたいって……。

だから、ずっと心身共に自分を磨いてきた。だけど、まだまだ先輩の足元にも及ばない。

「玲香先輩、お久しぶりです。モデルみたいですよ」

早紀が笑顔で挨拶したので、私もニコッと笑って相槌《あいづち》を打った。

「本当。いつも素敵で羨《うらや》ましいです」

「ありがとう」

穏やかな目で微笑んで、先輩は去っていく。

その後ろ姿をじっと見ていたら、玲香先輩が芹沢くんに声をかけた。

「京介！」

誰かと話していた芹沢くんが、先輩の方を振り返って穏やかに微笑む。

「あっ、玲香さんも来てたんですね。そのドレス似合ってますよ」

……私には皮肉を言ったのに、玲香先輩は褒めるのね。

「ふふっ、ありがと。京介も素敵よ。髪、前より長くなったわね」

玲香先輩が柔らかな笑みを浮かべながら躊躇《ちゅうちょ》なく芹沢くんの髪に触れたものだから、胸がチクッとなった。

談笑するふたりを横目で見て、早紀が気遣わしげに言う。

「いいの、あれ？　本当は芹沢くんに告白したかったんじゃないの？」

早紀は、私が芹沢くんを好きなことを知っている。

「……そのはずだったんだけど、あのふたりを見ちゃうとね。……いいのよ。どうせ私が告白したところで相手にされないもの。きっと熱でもあるの？って言うわ」

ふたりには高校時代から付き合っているというような噂《うわさ》があったし、私も部活の後にふたりが一緒に帰る姿や、玲香先輩が芹沢くんにお弁当を渡すところを何度も目撃している。

今ふたりを見ても、どこか親密さを感じるのよねえ。やっぱり付き合っているのかしら。

ベタベタしているわけではないけれど、異性の髪に触れるなんてよほど親しくないとできない。芹沢くんもそれを許しているように見える。

気のせいかしら？　ううん、気のせいなんかじゃない。普段の彼は女性とはある程度距離を取っているのだけれど、玲香先輩が相手だとパーソナルスペースが狭くなる。

玲香先輩……同性の私から見ても綺麗なんだもの。男性なら当然魅力的だと思うはず。

今日の先輩はアクセサリーはつけていないが、そのシンプルさがかえって彼女の可憐さを引き立てていた。

完全に私の負けだ。こんなゴテゴテ着飾っている自分がみっともなく思えてくる。

「ホント、お似合いね」

悔しいけど、ふたりとも背が高くて、美男美女でお似合いのカップル。もう結婚しちゃえばいいのに。そしたら変な希望を抱かずに済む。

学生時代に告白できなかったのは、このふたりの間に割って入る勇気がなかったからだ。いや、玲香先輩がいなくても、プライドが邪魔して告白できなかっただろう。

苦々しい思いでふたりを見ていたら、弟の学《がく》が現れた。

「千載一遇のチャンスだったのに、なにを意地張ってんの？」

さらりとした黒髪に、チョコレート色の瞳。長身で顔も頭もいい二歳下の弟は私の自慢で、高校卒業後にアメリカに留学していたが、去年の夏に帰国し、ＦＵＪＩＭＩＹＡに入社。その年の冬にＦＵＪＩＭＩＹＡの社長だった父が他界すると、社長に就任した。

私と髪と瞳の色が違うのは、母親が違うから。私の母は私を出産後にガンで亡くなり、父は祖父の勧めもあって再婚して、一年後に学が生まれた。

溜め息交じりに言う弟に、小声で言い返す。

「見てたの？　私だって今日にかけてたのよ。でも……失敗しちゃった」

そう。同窓会が待ちに待ったチャンスだったのだ。

ずっと彼が好きで、他の男性には目がいかなかった。でも、今日でこの気持ちに蓋《ふた》をしよう。

彼は私を見てもなにも思わなかった。好きならなにかしら反応があったはず。

自分の思いを打ち明けなくても、彼の答えはわかっている。私のことなど学の姉としか思っていない。

「このまま京介さんを他の女性に取られていいの？」

去年までアメリカにいた学にことあるごとに芹沢くんの近況を聞いていたから、弟は私の気持ちをよく知っている。でも、学には芹沢くんに余計なことは言わないよう口止めしていた。

学が芹沢くんの方に目を向けながら優しく聞いてきて思わず涙が込み上げてきたけど、なんとかこらえる。

「どの道諦めるつもりだったの。明日見合いをするから」

ふたりに言うことで、自分の退路をなくそうとした。

ううん、本当は告白して、芹沢くんに振られて諦めるつもりだった。

心の奥底ではわかっていたの。どんなに綺麗な格好をしても、彼は私を見てくれないって――。

現実は告白するまでもなく、結果を思い知らされちゃったけど。

彼はやっぱり玲香先輩がいいんだわ。

明るく振る舞ってはいるが、今はもう一刻も早く退散してベッドで大泣きしたい気分なのだ。

「「ええ～！」」

私の話を聞いて、学と早紀が素っ頓狂な声をあげる。

「ちょっと待って、僕初耳なんだけど」

「葵、聞いてないわよ」

ふたりがすごい剣幕で文句を言ってきて、クスッと笑みをこぼした。

「当然よ。言ってなかったもの」

「どうせ母さんの命令だろう？　断ればいい」

義母の命令なら逃げることもできただろう。でも、これはFUJIMIYAの会長でもある祖父の命令だ。

『葵、見合いをしろ。お前の父も天国でお前が結婚することを望んでいる。時代が変わっても、やはり女の幸せは結婚だ』

祖父は私がＦＵＪＩＭＩＹＡで腰掛け程度に仕事をしていると思っている。

義母は自分が言っても私が拒否すると考えたのか、ＦＵＪＩＭＩＹＡの会長秘書と結託して、私に見合いを勧めるよう祖父をそそのかした。祖父は今年で会長職から引く予定だし、私を排除して学を使って会社を意のままにしようとする義母たちの腹黒い魂胆が透けて見える。

義母は祖父の前ではよき嫁を演じていたけど、父が闘病中から会長秘書と関係を持っていた。学がショックを受けると思って言わないでいたが、弟もうすうすふたりの関係に気づいているだろう。

父は不治の病に侵され、去年の冬亡くなった。『旅行だ』、『パーティーだ』と遊びほうけて家にいなかった義母の代わりに、私が仕事を休職して父の世話をした。アメリカ留学を断念したのも、父の介護があったから。

「家長であるおじいさまからの命令よ。しっかりしたお相手がいない限り断れないのはわかるでしょう？」

「それはそうだけど……僕は納得できない」

「私は納得してるわ。学が無事に社長になれたから、安心してお嫁に行ける」

社長に就任してまだ一年も経っていないけど、学はよくやっている。努力家で頭もいいし、経営の才能もあったんだと思う。

いずれ弟は誰かを見つけて結婚するだろう。いつまでも家に私が居座るのは、みっともない。

「ちょっと待った。その言い方、うちの会社辞めるつもりなの？」

察しのいい弟は、ハッとした表情で私を見た。

「ええ。おじいさまには会社を辞めて、家庭に入るよう言われているわ」

父が亡くなってまたＦＵＪＩＭＩＹＡに戻ったけれど、学が社長として一人前になったら、いずれ会社を去るつもりでいたのだ。辞めるのは当初の予定より少し早まってしまったが、学なら私の支えがなくても立派にやっていけるだろう。

「そんなの勝手すぎる。辞めることない。僕がじいさんに言う」

怒りを露わにする弟を優しく宥《なだ》めた。

「いいのよ、学。私、ゆっくり休みたかったの。それに一度ウエディングドレス着てみたかったし」

私のせいで弟と祖父の関係がこじれたら困るのだ。それに、ゆっくり休みたいというのも決して嘘ではない。三年以上父の介護をして、また仕事に戻って、ちょっと肉体的にも精神的にも疲れを感じていた。

「葵はいつだっていいカッコしいで、聞き分けがよすぎるのよ」

じっとりと私を見て文句を言う早紀に、フフッと微笑んでみせた。

「褒め言葉として受け取っておく。私は先に帰るわ。ちょっと酔いを覚まさないと」

なんだか目が霞《かす》む。飲みすぎたのかも。それとも疲れが溜まっているのかしら……。

会場を出ると、知った顔がふたり、なにやら話をしていた。

ひとりは祖父の秘書で、もうひとりの髪をツーブロックにしてメガネをかけている長身の男性は学の秘書の片桐《かたぎり》。年は三十歳でハンサムで頭がよく、父が社長をしていた頃からＦＵＪＩＭＩＹＡを支えてくれている。私が入社した時も、彼がなにかと助けてくれた。

「葵さん、もうお帰りですか？」

祖父の秘書が、私に気づいて声をかけてきた。

「ええ。ちょっと酔ったみたいで、少し早く帰ることにしたの。あなたは祖父のお迎えかなにか？」

学の秘書の片桐がここにいるのはわかるが、会長の秘書がなぜいるのかわからない。

「ええ。会長の会合が近くであったもので。あっ、時間だ」

会長の秘書はうっすら笑みを浮かべると、腕時計をチラリと見てこの場から去っていく。

「彼となにを話していたの？」

会長秘書の後ろ姿を見つめながら片桐に尋ねると、彼はフッと微笑した。

「葵さんに聞かせるような話ではありませんよ」

「つまり私の悪口ね」

呑気《のんき》に同窓会に参加してとかそういう話をしていたのかもしれない。

会長秘書は私を邪魔に思っていて、私が社員を理不尽な理由で罵倒《ばとう》したとか虚偽の報告を祖父にするものだから困っていた。祖父が私に結婚を勧めるのも、早く厄介《やっかい》払いしたいからだろう。

「彼のことは気にしないことですよ。お帰りになるのなら、ご自宅までお送りします」

片桐が私を気遣うが、笑顔で断った。

「タクシーで帰るから大丈夫。学をお願い。じゃあ」

ひらひらと手を振ると、彼に呼び止められた。

「待ってください。明日見合いをされるというのは本当ですか？」

「会長から聞いたのね。本当よ」

苦い思いが胸に広がるのを感じながら、コクッと頷く。

「それでいいんですか？」

片桐が、私を真っ直ぐに見据えてくる。

本当は結婚なんてしたくない。でも、藤宮家の人間である以上、そんな我儘《わがまま》は許されないのだ。

「いいの。私が結婚すれば、学もいつまでも姉の心配をしなくて済むから」

自分の感情を殺し、片桐に小さく微笑んだ。


次の日の夕方、私は同じホテルのラウンジで見合い相手を待っていた。

約束の時間は午後六時だけど、着いたのは二十分前。じっと腕時計を見つめ、秒針が進むのを眺める。

落ち着いていられなくて、早く来てしまった。

今着ているのは、私のお気に入りのピンクのワンピース。強制的な見合いだから少しでも前向きな気持ちになろうと選んだものだ。

見合い結婚でも幸せに暮らしている人はいる。少しずつ好きになればいいじゃないの。

釣書は見ていない。知っているのは相手の名前だけ。見た目や肩書きで変な先入観を持ちたくなかった。

見合いだってひとつの出会いだと自分に言い聞かせていたら、野太い声がした。

「藤宮葵さんですか？　僕は……です」

もっと紳士な声を想像していた。それに、大きい……。

目の前に立っていたのは、四十代とおぼしき大柄なメガネの男性。名乗ったみたいだけど、衝撃が強すぎて頭に入ってこなかった。

スーツのジャケットのボタンははち切れそうだし、体重は百キロを超えているかも。

いや、そんなこと思っちゃいけない。

「はい」

日頃鍛えている表情筋をフル活動させて笑顔で返事をすれば、相手がニヤけながら頷き、向かい側の席に座る。そして額の汗をハンカチで拭《ぬぐ》うが、そのハンカチはすでにぐっしょり濡れていてあまり意味がないように思えた。

「いやあ、写真通り綺麗な方だなあ。あっ、一応名刺渡しておきます」

スーツの内ポケットに手を入れ無造作に名刺を出すが、折れ曲がっているし、相手の手も湿っていて、苦笑しながら受け取った。

「『SSS《エスエスエス》フーズ』で商品開発部の部長補佐をしてらっしゃるんですね」

SSSフーズなんて初めて聞いた。どういう会社だろう。

釣書は祖父からもらったけど、この見合いを設定したのはきっと義母に違いない。

祖父なら私の結婚相手に、どこか名の知れた会社の御曹司を選ぶはず。

やっぱり釣書を見ておけばよかった……と、会って五分も経たないうちに後悔する。

でも、見た目は美形でなくても、心は優しい人なのかもしれない。

学とか芹沢くんとかハイスペックな美形を見てるから、目が肥えてしまったのよ。

世の中、いろんな人がいるんだから。

自分を叱咤し、気を取り直して相手に目を向ける。

「まあ、俺がいないとダメな会社でね。商品開発も俺が中心になって全部の商品の味見を……してでさあ」

「それは大変ですね」

大きな身体は、仕事熱心なせいよ、きっと。

にこやかに相鎚《あいづち》を打つと、相手も「ホント大変でさあ。部下はまったく使えないし……みんな馬鹿じゃないかって。……まあ、俺でもってる会社だよ」

今度は長々と会社の愚痴を言い始めるものだから困惑した。

緊張して思ってもいないことを言ってるとか？

私もなんとか相手のいいところを探そうとするけど、見つからない。

どうしよう。この人と結婚できる気がしない。

仮に結婚したとして、愛せるのだろうか？

「……葵さんとの子供だったら、とってもかわいいだろうな」

突然見合い相手が私の手を握ってきて、ゾクッと寒気がした。

その手が粘着質な物質でコーティングされたグローブみたいで気分が悪くなったというのもあるが、まだ結婚もしていないのに子供の話になり怖くなったのだ。

「……子供」

目を大きく見開いたままフリーズしていたら、誰かが背後から私の肩にポンと手を置いた。

「葵、俺に黙って勝手に見合いをされては困るな」

それは芹沢くんの声。

え？

きっと幻聴よ。彼がここにいるわけない。

「はあ？　誰だ、お前？」

見合い相手が喧嘩腰《けんかごし》に聞くと、背後の男が自信に満ちた声で答える。

「彼女の恋人で、芹沢製薬の副社長の芹沢京介です」

「「は？」」

甚《はなは》だ不本意ではあったが、驚きで見合い相手と声がハモる。

やっぱり芹沢くん。

いやいや、それよりも……。

待って、待って、ちょっと待って。芹沢くんと恋人になった覚えはないんですけど。

しかも、『葵』って初めて呼んでくれた。この状況はなんなの？

私の横に移動してきた芹沢くんを混乱した頭で見つめた。そんな私を横目で見て、
彼は話を続ける。

「彼女は親に逆らえなくて見合いをしただけだ。悪いがお引き取り願おう」

芹沢くんは紳士的な態度で言っているけど、なんというか〝早く消えろ〟というような圧を身体にひしひしと感じる。

「は、はあ？　なんだよ、それ」

見合い相手が若干気圧された様子で返すと、芹沢くんが冷笑しながら言い放った。

「彼女が愛してるのはこの俺だ。あなたの出る幕じゃない」

その発言に動揺しつつも、彼の名前を呼んで抗議する。

「せ、芹沢くん……！」

なにを口からでまかせを言ってるの、この人は。いや、私は彼が好きだから本当のことなんだけど、彼はハッタリをかましているわけで……ああ～、もうわけがわからなくなってきた。

「いいから俺に任せて」

芹沢くんが親しげに私の頬を撫《な》でてきて、カチンと固まった。

「おい、か、勝手にふたりでいちゃつくな」

見合い相手が芹沢くんの注意を引くと、芹沢くんは真剣な顔で宣言する。

「ああ、悪い。だが、彼女は俺のだ。誰にも渡さない」

キラリと光るその美しいブランデー色の双眸《そうぼう》は、私に指一本でも触れたら容赦《ようしゃ》しないというような殺気に満ちていた。

これが演技なのだからすごいとしか言いようがない。本心だったらどんなにいいか。

お芝居だとわかっていても、ドキッとしてしまった。

「お、お前なんか、雷に打たれて死ね！」

芹沢くんに恐れをなしたのか、見合い相手はガタッと椅子を揺らしながらそんな捨てゼリフを吐いてこの場を去っていく。

完全に貫禄負け。まあ芹沢くんを相手にして勝てる者などいないだろう。

「え？　ちょっと待ってください！」

手を伸ばして引き留めようとしたら、芹沢くんにその手をギュッと掴《つか》まれた。

「こらこら、俺の名演技を無駄にする気か？」

急にコロッと表情を変え、芹沢くんが私を注意する。

「芹沢くん、これはいったいどういうことかしら？　嘘を並べて私の見合い相手を追い払うなんて」

キッと芹沢くんを睨みつけて噛《か》みついたら、私の手を放して彼は自分の髪をゆっくりとかき上げた。

「嘘？　……ああ。恋人って？　だが、真実も言ってる。学の母親に嵌《は》められた見合いだろ？　俺は親切にも助けてあげたんだけどな」

親切ですって？

「なにを言ってるのよ。助けなんて頼んでいないわ」

ああ〜、見合い相手は今頃義母に電話をかけて文句を言っているだろう。

家に帰ったら義母に叱責される自分の姿が頭に浮かぶ。

「だいたいどうしてあなたがここにいるわけ？」

ズキズキする頭を押さえながら問えば、彼はどこか楽しげに答える。

「学に呼び出されたんだよ。姉が怪しい男と見合いさせられる。僕が止めても聞かないから、助けてくれってね」

「学ったら……勝手なことを」

見合いの話なんて昨日するんじゃなかった。

私が芹沢くんを好きだから彼に助けを求めたのだろう。しかし、見合い相手を追い払っても問題は解決しない。また新たな見合いを設定されるに決まってる。

「姉さんのためだよ。あんなガマガエルのような男と結婚したって不幸になるのは目に見えているからね」

近くでずっと様子を見ていたのか、学がスッと目の前に現れた。悪びれた様子もなく、むしろ説教するように言う弟に眩暈《めまい》がする。

「頭痛がするから帰るわ」

弟と喧嘩はしたくなくて席を立ってラウンジを出ると、芹沢くんがついてきた。

「藤宮さん、送るよ」

芝居が終わったからか、もう呼び方が『藤宮さん』に戻っている。演技じゃなければば下の名前で呼んでもらえないなんて……惨《みじ》めね。

「いいえ、結構です」

冷たく突っぱねるも、彼が私の手を掴んできた。

「いいから」

「ちょっと。放して」

抗議しても彼は構わずホテルの地下の駐車場に私を連れていき、助手席のドアを開けて車に乗せる。

昨日までの私なら、彼の車に乗っただけで大喜びしただろう。だが、今は複雑な気持ちだった。

「シートベルトをつけてくれないか？」

運転席に座った芹沢くんに言われたけど、素直に従わずじっと前を見据える。

せっかく彼への気持ちを封印して見合いに臨んだのに、どうして私の前に現れるのよ。学も学よ。彼を呼び出すなんて……。

「姫君はたいそうお冠だな」

おもしろそうに芹沢くんが笑うので、上目遣いに彼を睨みつけた。

「怒るに決まってるでしょう？　あなたが邪魔しなければ、彼と結婚したのに」

「あの男と結婚？　正気か？」

ギョッとした顔で確認してくる彼に、間髪をいれずに返す。

「正気よ」

お願いだからこれ以上私の心を乱さないで。

「へえ、じゃああいつとキスできるのか？」

挑発するように言ってきたので、ついカッとなって言い返した。

「できるわよ」

本当は一ミリもできる気がしなかったが、売り言葉に買い言葉で意地を張ってしまう。

「無理するなよ。ずっと顔を引きつらせていたくせに」

芹沢くんが意地悪でそれでいて優しい目で告げるものだから、とっさに言葉が出てこなかった。

見合いの様子を初めから見ていたのだろうか。

反論できずに黙る私の頭に、彼がポンと手を置いた。

「義理の母親とうまくいってないんだろ？　まあ、学にとっては実の母親だし、弟に困ってるとは言えないよな」

うちの家庭事情を学から聞いているのかもしれない。

「別に困ってなんかいないわ」

「意地っ張り。藤宮さんが見合いから逃れる方法がある」

「そんな方法あるの？」

逃げ道なんてないと思っていた。

希望の光が見えたような気がしてじっと彼の答えを待つと、とんでもない言葉を返される。

「俺と婚約すればいい。義理の母親も学も文句は言えないさ」

一瞬、目が点になる私。

え？　え？　聞き間違いでなければ、芹沢くんと婚約って言った？

ひょっとして、学から私の気持ちも聞いてる？　それで私をからかっているの？

「なんの冗談かしら？」

警戒心から刺々しい口調で言うと、彼は急に溜め息交じりの声で返す。

「本気で言ってる。俺も結婚なんかしたくないのに女が寄ってきて困ってるんだ」

自慢にしか聞こえない。

結婚したくないって、玲香先輩とはどうなっているのだろう。芹沢くんの片思いなの？　それとも独身主義とか？

「婚約はしてもフリだけでいい。お互い好都合だろ？」

好都合……ね。どうやら私の気持ちは知らないようだ。

「でも……」

気が進まず返事を渋る私に、彼は恩着せがましく言う。

「見合いで困ってる藤宮さんを助けてあげたんだ。君は俺に借りがある。拒否する権利はない」

「……そんな。周囲を騙《だま》すなんて嫌よ」

私の言葉聞いて、彼がフンと鼻で笑う。

「あの男と結婚しようとしたんだ。俺と婚約するくらいわけないだろ？」

「……芹沢くんは無理なの」

好きな人と偽装で婚約するなんてつらすぎる。

芹沢くんの提案を拒むと、突然彼が私の唇に自分の唇を重ねてきて……。

「……んん！」

驚きで心臓が口から飛び出そうだった。

う……そ。芹沢くんが……私にキス!?

最初はただただビックリしていたが、次第に頭がふわふわしてきた。

彼の唇が柔らかくて……なんだかとても気持ちがいい。

初めて味わうキスに恍惚《こうこつ》となっていたら、彼がニヤリとして私から離れた。

「ほら、俺とちゃんとキスできるだろ？　だから問題ない」

その声で我に返り、カーッと顔の熱が上がった。

「せ、芹沢くん……！」

上目遣いに睨みつけて文句を言おうとする私の唇に、彼が指を当てて不敵な微笑を浮かべる。

「また反論したらキスをする。その場合、キスだけじゃ終わらないかもしれないな」

仮初の婚約　―　京介side

「さあ、着いた」

藤宮邸の駐車場に車を停めると、ホテルを出た時から放心状態の藤宮さんに声をかけた。

「あ、ありがと。じゃあ」

彼女はハッとした顔でそう言って、俺の顔も見ずにシートベルトを外そうとするが、慌てているせいかうまくいかない。

かなり動揺してるな。恐らくさっきのキスが原因だろうけど、この様子、初めてだったのだろうか。俺もどうして彼女にキスなんかしてしまったのか。

あのガマガエルと結婚すると馬鹿げたことを言うから、正気にさせたかったのかもしれない。

俺は芹沢京介。日本最大の製薬会社――芹沢製薬の社長のひとり息子で、年は二十六歳。大学卒業後、芹沢製薬に就職してアメリカに赴任していたが、父が病気で入院したため先月末に急遽《きゅうきょ》帰国した。

その俺が彼女とカモフラージュで婚約するなんて、ついさっきまで考えてもいなかった。きっかけとなったのは、今朝の学からの電話——。

『……学？　なに？』

彼が早朝に電話をかけてくるなんて珍しい。

学は藤宮さんの弟で、弓道部の後輩。冷静沈着でなんでも器用にこなす男だが、姉のこととなると熱くなる。

彼のことは後輩というよりは弟のようにかわいがっていて、アメリカ赴任中も定期的に会って食事をしていた。

《姉さんが大変なんです。京介さんの手を借りたいんですよ》

あまりにも切羽詰まった声で言うものだから、藤宮さんがなにか事件に巻き込まれたのかと思って、慌ててベッドから起き上がって理由を聞いた。

『なにがあった？』

《会って説明するので、今日の午後五時に昨日のホテルに来てください》

それで学とホテルのラウンジで待ち合わせることになった。

ラウンジの奥にあるテーブルに学の姿を見つけるが、目がいいはずなのになぜかメガネをかけていて、テーブルの上には英字新聞が置かれている。

『学、手を借りたいって、いったいなんなんだ？』

学に声をかけると、俺にサングラスを渡してきた。

『京介さんも変装してください。一時間後に姉がここに現れるんです』

『どうして変装する必要がある？』

サングラスに英字新聞。B級のスパイ映画かとつっこみたくなる。

『姉が怪しい男と見合いさせられるんです。僕が止めても聞かないから、助けてください』

『藤宮さんが見合い？』

学の言葉に驚きながら向かい側に座ると、彼が真剣な表情で俺にスマホを見せた。

『午後六時にこのガマガエルと見合いするんです』

『ガマガエルって……』

歯に衣着せぬ学の物言いに苦笑いしながらスマホの画像を見ると、本当にガマガエルにそっくりだった。

『年は四十歳。バツ二で、SSSフーズの部長補佐だそうです』

学から相手の情報を聞いて、思わず声をあげた。

『はあ？　SSSフーズなんて聞いたことないし、バツ二!?　藤宮さん正気か？』

『京介さん、声大きいです。姉さんは自棄《やけ》になってるんですよ』

『自棄？　どうして？』

首を傾げて聞き返すと、学がしまったというような顔をする。

『……いえ、こっちの話です。僕の母が仕組んだ見合いです。姉を家からも会社からも追い出そうとしてるんですよ』

藤宮さんを追い出す？

『……ああ。そういえばお前のところ、母親が違ったっけ』

『ええ。母は先妻の子供である姉さんを毛嫌いしていて……。姉は僕にはなにも言いませんけど、母から毎日のように嫌がらせを受けていると思います。実際僕も母が姉にきつく当たってるところを見て、何度も間に入って止めたんですけど……』

藤宮さんの盾になっていたんだな。

学の話では、藤宮さんの実の母親は彼女を産んですぐに亡くなっていて、後妻となった彼の母親は継子である藤宮さんを召し使いのように扱い、つらく当たっているとか。その上、藤宮さんの実の母親の遺品も勝手に処分したらしい。

アメリカにいた時も学は藤宮さんのことを心配して、マメに彼女と連絡を取っていた。父親がいなかったら、姉が気がかりでアメリカ留学をやめていたに違いない。

『じっと耐えるところが藤宮さんらしいな』

彼女はなかなか人に弱味を見せようとしない。どんなにつらくても無理をする。そこが彼女のすごいところだけど、やたら明るく振る舞う時は要注意だ。高熱を押して弓道の大会に出た時も、自分の試合が終わるまで笑顔でいたっけ。

確か……高二のインターハイの決勝戦だ。彼女は部員を鼓舞するように明るく笑っていた。だが、その顔は赤いし、いつもと違って息も上がっている。俺が彼女の不調に気づいて止めようとしたら、親の敵のように睨みつけられて脅された。

『優勝がかかってるの。止めたら一生恨むわ』

結局藤宮さんの勢いに負けてハラハラしながら試合を見守ったが、彼女はすごい集中力で全部的中させた。もちろん試合が終わったらすぐに医務室に彼女を連行した。

『父が闘病していたことだって……僕が日本に帰国するまで内緒にしてて……』

唇をギュッと噛んで悔しそうな顔をする学に、優しく尋ねた。

『お前の親父さん、病気で亡くなったって聞いたけど、ガンだったのか？』

俺はアメリカにいたから詳細を知らない。

『いいえ。でも、治療法のない難病でした。母は父が闘病中も遊び呆《ほう》けてましたけど、姉はアメリカ留学をキャンセルして父に付き添ったんです。とてもつらかったと思います』

沈痛な面持ちで語る学の言葉に、小さく相槌を打った。

『……そうか』

知らなかったとはいえ、昨日の同窓会で『アメリカ留学どうしてやめたの？』なんて無神経な質問をしたことを後悔した。

自分だけが犠牲になろうとしたんだな。助からない父親についているのはさぞかしつらかったに違いない。

同窓会ではバラのように可憐で華やかな姿を見せていたけど、大学の頃より幾分痩せたような気がした。

『それで、俺はなにをすればいい？』

話を本題に戻すと、学がとんでもないお願いをしてくる。

『姉さんの恋人のフリをして見合いを邪魔してください』

『恋人のフリ……ね。相手が俺では藤宮さんが怒りそうだな』

彼女が俺を睨みつけて怒る様子が目に浮かぶ。

『弟の僕が恋人を演じるわけにはいかないでしょう？』

心に余裕がないせいか、学が強い口調で俺に噛みついてくる。

『そうだな。だが、今日の見合いを台無しにしても、また見合いをさせられるんじゃないのか？』

『わかってます。とりあえず今回の見合いを邪魔して時間を稼げればいいです。今後の対策はこれから考えれば』

時間稼ぎね。まあ、姉がこのガマガエルと結婚して、義兄になられては困るよな。

足を組んで、またスマホの写真をチラッと見る。

容姿がすべてではないが、性格や生き様のようなものはある程度外見に出るものだ。学がこんな手段に出るのも、藤宮さんが言うことを聞かないからだろう。

『……さん、京介さん、もう姉が来ました。サングラスしてください』

学の声でハッとして、言われるままサングラスをかける。

二十分前なのに、もう来たのか。

こんな変装をしたってすぐにバレるのではないかと思ったが案外バレないもので、彼女は席に着いてもなにも頼まず、じっと腕時計を見ていた。

緊張しているというよりは、どこか悲しげで、なんというか今にも消えてしまいそうに見える。そんな表情をする彼女は初めて見た。

それから六時ちょっと過ぎに図体のデカい男が現れ、藤宮さんに声をかけた。

『藤宮葵さんですか？』

写真よりも実物の方がもっとすごくて、さらに衝撃を受けた。

これはかなりインパクトがあるな。藤宮さんも驚いているんじゃ……。

彼女に目を向けると、一瞬大きく目を見開いていたがすぐに笑顔を作って、

『はい』と返事をした。

『いやあ、写真通り綺麗な方だなあ。あっ、一応名刺渡しておきます』

見合い相手が無造作にスーツのポケットから名刺を差し出すのを見て、学が思い切り顔をしかめる。

『僕が姉なら絶対に受け取りませんね。目の前で消毒液をかけたくなる』

辛辣な言葉だが、俺も彼の気持ちは理解できた。

見合いの場なのだから、最低限の礼儀はわきまえるべきだろう。清潔感がないし、ビジネスマンとしても失格だ。

当の藤宮さんは苦笑いしつつも、綺麗な所作で名刺を受け取った。

『SSSフーズで商品開発部の部長補佐をしてらっしゃるんですね』

優しく微笑んで会話を広げようとする彼女に、見合い相手は同僚の悪口を言う。

『まあ、俺がいないとダメな会社でね。商品開発も俺が中心になって全部の商品の味

見を……しててさあ』

その言葉を聞いて、学が冷ややかにツッコミを入れた。

『味見じゃなく食事でしょう？ それだけ図体がデカいんだから』

学の毒舌がここでも炸裂。だが、藤宮さんには聞こえていない。笑顔で見合い相手の話に相槌を打つ。

『それは大変ですね』

俺のことはライバル視していていつもツンケンした態度を取る藤宮さんだけど、俺以外の人間にはいつだって神対応で、皆に好かれている。昨日の同窓会でも彼女は人気者だった。

不意に見合い相手の男が『……葵さんとの子供だったら、とってもかわいいだろうな』と言って、藤宮さんの手を掴んだ。その様子を見た学が目の色を変える。

『あいつ……闇に葬《ほうむ》ってやる』

『落ち着け。ここは俺に任せろ』

今にも見合い相手を呪いそうな学を宥めて席を立ち、サングラスを外して藤宮さんに背後から近づいた。

『葵、俺に黙って勝手に見合いをされては困るな』

親しげに藤宮さんの肩に手を置いて声をかけると、見合い相手の男が不愉快だと言わんばかりに顔を歪《ゆが》める。

『はあ？　誰だ、お前？』

『彼女の恋人で、芹沢製薬の副社長の芹沢京介です』

口元に笑みを浮かべて堂々と宣言すれば、藤宮さんもその男も呆気に取られた顔をした。

見合いを邪魔するなんて無粋な真似は普段は絶対にしないが、これはかわいい後輩の頼み。どんな手を使っても、俺が阻止してやる。それに、俺もこいつが気に入らない。

藤宮さんもすぐに否定してこないし、このまま押し切ってやる。

『彼女は親に逆らえなくて見合いをしただけだ。悪いがお引き取り願おう』

冷ややかに告げる俺に、見合い相手が少しビクついた様子で返す。

『は、はあ？　なんだよ、それ』

へえ、すぐに引き下がると思ったが、抵抗するのか。

『彼女が愛してるのはこの俺だ。あなたの出る幕じゃない』

恋人を愛する男の役を全力で演じれば、横にいた藤宮さんが慌てた様子で俺の名前を呼ぶ。

『せ、芹沢くん……！』

彼女に嘘だと言わせてはならない。俺のペースで話を進めなければ。

『いいから俺に任せて』

とびきり甘い目で言って見合い相手の男に見せつけるように彼女の頬を撫でると、俺の予想通り彼が抗議してきた。

『おい、か、勝手にふたりでいちゃつくな』

周囲の注目も浴びていたが、気にすることなく彼を真っ直ぐに見据え、トドメとばかりに熱いセリフを口にする。

『ああ、悪い。だが、彼女は俺のだ。誰にも渡さない』

きっと周りからはとても情熱的な恋人に見えたに違いない。

演技のつもりが、俺も柄にもなく熱くなってしまった。俺は藤宮さんの恋人でもなんでもないが、こんな人間的に尊敬できない男と彼女を結婚させるわけにはいかない。

容姿はさておき、性格がよさそうなら俺も学を説得しただろう。だが、この男は自分の自慢話や不満しか口にしない。自分勝手な男だ。藤宮さんには相応しくない。せめて俺や学と張り合える奴じゃないと……。

後輩の頼みというのもあるが、ずっと俺と競ってきた彼女をこんな男に渡せなかった。

そう。俺にとっても藤宮さんは唯一無二のライバル。美しくて聡明で、俺に負けてもへこたれずに何度も挑んでくる彼女を気に入っているのだ。

『お、お前なんか、雷に打たれて死ね！』

見合い相手がわなわなと震えてこの場から逃げ去る。怒りで震えていたならまだ骨のある男と思えるが、あの様子だと俺に恐れをなして逃げたのだろう。

ホント、藤宮さんには相応しくない男だ。だが、これで見合いは阻止できたな。

ホッとしていたら、横にいる藤宮さんが手を伸ばして叫ぶ。

『え？　ちょっと待ってください！』

まさか彼女が彼を引き止めるとは思わなかったので、ギョッとした。

『こらこら、俺の名演技を無駄にする気か？』

藤宮さんの手を掴んで呆れ顔で言えば、彼女は怒りを露わにして俺に文句を言う。

『芹沢くん、これはいったいどういうことかしら？　嘘を並べて私の見合い相手を追い払うなんて』

『嘘？　……ああ。恋人って？　だが、真実も言ってる。学の母親に嵌められた見合いだろ？　俺は親切にも助けてあげたんだけどな』

何食わぬ顔で返すと、彼女は刺すような視線を向けてきた。

『なにを言ってるのよ。助けなんて頼んでいないわ』

意地っ張り。本当は結婚なんかしたくないんだろ？

相手が立派な男なら俺だって祝福した。しかし、あの男には誠実さを感じないし、離婚歴もある。全然藤宮さんに釣り合っていない。もっと冷静になれよ。

『だいたいどうしてあなたがここにいるわけ？』

頭を押さえながら苛立《いらだ》たしげに言う彼女を見て、フッと笑ってみせた。

『学に呼び出されたんだよ。姉が怪しい男と見合いさせられる。僕が止めても聞かないから、助けてくれってね』

『学ったら……勝手なことを』

呆れに似た溜め息が彼女の口から漏れると、俺たちの様子を見ていた学が出てきた。

『姉さんのためだよ。あんなガマガエルのような男と結婚したって不幸になるのは目に見えているからね』

その容赦ない言葉に藤宮さんはますます困惑して、学を視界から追い出すように『頭痛がするから帰るわ』と伏し目がちに言って席を立った。

『姉さん！』

ラウンジを出ていく彼女を追おうとする学を止めた。

『俺が行くよ』

今は学がなにを言っても、彼女は聞く耳を持たないだろう。

『お願いします』

彼が頭を下げると、コクッと頷いて彼女の後を追った。

『藤宮さん、送るよ』

にこやかに声をかけるが、彼女は素っ気なく断る。

『いいえ、結構です』

素直に引き下がらず、彼女の手を掴んでホテルの地下の駐車場に連れていき、半ば強引に俺の車に乗せた。

シートベルトを締めずに前を見つめたまま動かない藤宮さんをわざとからかう。

『姫君はたいそうお冠だな』

ますます不機嫌になるのはわかっていた。俺の読み通り、彼女が睨みつけてくる。

『怒るに決まってるでしょう？　あなたが邪魔しなければ、彼と結婚したのに』

『あの男と結婚？　正気か？』

藤宮さんの言葉が信じられないというか、ショックだった。

もっと相手を選べと、小一時間説教したくなる。

『正気よ』

ツンケンした態度で返す彼女を意地悪く見据えた。

『へえ、じゃああいつとキスできるのか？』

『できるわよ』

俺を見返して意地を張る彼女を見ていたら、なんだか優しい気持ちが溢《あふ》れてきた。

『無理するなよ。ずっと顔を引きつらせていたくせに』

俺の言葉を聞いて黙り込む彼女の頭をポンとする。

『義理の母親とうまくいってないんだろ？ まあ、学にとっては実の母親だし、弟に困ってるとは言えないよな』

学から話を聞いて、俺も藤宮家の事情は知っている。藤宮さんは学の母親に実の母親の遺品を処分されても、『私には母の写真があるから』と気丈に振る舞っていたとか。学に心配をかけたくなかったのだろう。

『別に困ってなんかいないわ』

誰にも頼らず、ひとりじっと耐えて……。

だが、このままでは彼女は精神的に追い込まれ、病気になってしまう。

『意地っ張り。藤宮さんが見合いから逃れる方法がある』

俺が覚悟を決めてそう言えば、彼女が表情を変えた。

『そんな方法あるの？』

なにか救いを求めるようなその目。

やっぱり彼女は本心では見合いを受け入れていない。

『俺と婚約すればいい。義理の母親も学も文句は言えないさ』

俺の提案に彼女はしばし固まり、信じられないと言った顔で俺を見据えた。

『なんの冗談かしら？』

かなり混乱してるな。

だが、俺がこの提案をしなければ、彼女はまた見合いをさせられるだろう。

『本気で言ってる。俺も結婚なんかしたくないのに女が寄ってきて困ってるんだ』

実際、女にはうんざりしている。

昨日の弓道部の集まりでも、後輩に誘われた。もちろん笑顔で断ったが、それでもしつこく絡んできたので、途中で抜けて帰った。

『婚約はしてもフリだけでいい。お互い好都合だろ？』

藤宮さんの気が楽になるようにそう言うが、彼女はまだためらう。

『でも……』

彼女は藤宮の家に囚われている。自分からは離れられないのだろう。

多分、学の説得には応じない。だから、俺が強引に事を運ぶしかない。

『見合いで困ってる藤宮さんを助けてあげたんだ。君は俺に借りがある。拒否する権利はない』

自分で言ってても嫌な奴だと思うが、これは彼女のため。

それでもまだ彼女は抵抗する。

『……そんな。周囲を騙すなんて嫌よ』

なんで素直にオーケーしないかな。

あのガマガエルはよくて、俺だとダメなのか？

『あの男と結婚しようとしたんだ。俺と婚約するくらいわけないだろ？』

『……芹沢くんは無理なの』

困惑しながらも頑《かたく》なに拒む彼女に苛立ち、なにかが俺の中でブチッと切れた。

まるで俺だけ圏外みたいな言い方じゃないか。そんなの俺が認めない。

衝動的に藤宮さんに噛みつくように彼女の唇を奪う。

『……んん！』

くぐもった声をあげ、驚きで目を大きく見開く彼女。

……いけない。これでは彼女を怖がらせてしまう。

ハッと気づいて、彼女を落ち着かせるように今度は力を抜いて優しく口づける。

激しく拒絶するかと思ったが、次第に身を委ねるように俺のキスに応える彼女を見て、胸に熱いものが込み上げてきた。

なんだろう。ずっとこうしていたくなる。

こんな感覚は初めてだ。

だが、これ以上は……マズい。理性を保てなくなる。

そう感じてキスを終わらせた。

『ほら、俺とちゃんとキスできるだろ？　だから問題ない』

茶化すように言ったが、内心は余裕がなかった。

「あれ、あれ？」

藤宮さんがシートベルトと格闘している声を聞いて我に返り、クスッと笑って俺が彼女のシートベルトを外した。

「葵、慌てすぎ」

「……芹沢くん、切り替え早すぎよ。……じゃあ」

彼女が少し動揺した様子で車のドアに手をかけると、俺もシートベルトを外した。

「俺も行く。婚約者らしく挨拶しないとね」

すぐに車を降りて助手席側に回ってドアを開ければ、彼女がハーッと不満げな溜め息をついた。

「本気なの？」

「本気だよ。学には後で説明しとく」

学はきっと反対しない。俺に彼女の見合いを邪魔するよう頼んだくらいだから。

「……ふたりで婚約のことまで計画したのではないのね」

なぜかホッとした顔をする彼女を見つめて頷いた。

「ああ。俺の思いつきだ。そんなことより、葵も俺のことを下の名前で呼ぶように」

葵の背中を軽く押して玄関に向かうと、五十代くらいの家政婦がドアを開けてくれた。

「おかえりなさいませ。あの……そちらの方は？」

家政婦が俺に目を向けるが、葵は「彼は……あの……その……」と珍しく口ごもる。

その顔はほんのり赤かった。

ひょっとして、俺とキスをしたから照れているのか？

チラリと葵を見てまた視線を家政婦に戻し、自己紹介しようとしたら、四十代くらいの女性が現れた。

「葵さんが帰ってきたの？」

髪はセミロングで、緑のワンピースに、指には大きなダイヤの指輪。

真っ赤なマニキュアをして、派手な感じだ。

学の母親……？

その女性の隣には、スーツを着た五十代くらいの白髪交じりの男性がいた。

「お義母さん……」

葵が女性を見て、どこか緊張した顔をする。

「葵さん、見合いを台無しにしたそうじゃない……あら、あなたは？」

刺々しい口調で葵を注意していた女性が俺の存在に気づいたので、すかさず笑みを浮かべて挨拶した。

「はじめまして。彼女の婚約者の芹沢京介と言います」

「芹沢さん……？　ひょっとして学の先輩で芹沢製薬の社長令息の？」

「ええ。学さんのお母さまですね？　お噂は伺っています」

いろいろとひどい話をね。

「息子がお世話になっています。葵さんの婚約者って……なにかの冗談ですわよね？　こんななんの取り柄もない子が芹沢製薬の社長の息子さんとだなんて」

学の母親が見下すような目で葵を見てクスッと笑うので、すごく嫌な気分になった。

義理の娘を人前で貶《けな》すのか。

「冗談ではありません。彼女は僕の大事な女性です」

葵の手をしっかりと握って言い返せば、学の母親が笑顔を作って俺に忠告する。

「その子は藤宮家の恥ですの。母親はイギリス人で出自も謎ですし、礼儀作法もなっておりません。考え直された方がよろしいかと」

義母の言葉を聞いて、それまで沈黙していた葵が急に表情を変えて訴える。

「お義母さん、私のことはいいです。ですが、死んだ母のことを悪く言うのはやめてください」

「あら、本当のことでしょう？　日本で水商売をしながらモデルをしていたようだけど、身体だって売っていたかもしれないわ」

葵の実母を嘲笑うかのように言う義母が許せず、きっぱりと告げた。

「彼女の母親が誰であろうと、僕には関係ありません。葵、二、三日分でいい。着替えを用意して」

もうこれ以上この家には置いておけない。ここにいたら葵は不幸になる。

「え?」

俺の指示に戸惑いを見せる葵を急《せ》かした。

「いいから早く」

葵が俺の言うことに従い家に上がると、義母がまだ俺に意見する。

「本当に考え直された方がいいですわ。芹沢さんならよい縁談がたくさんあるでしょう?」

「縁談はありますが、彼女でなければ意味がないんですよ。僕は彼女と結婚したいんです」

一言一句はっきりと伝えるが、義母は意地悪く目を光らせてしつこく言ってくる。

「きっと後悔されますよ」

「芹沢製薬の御曹司のあなたなら、どんな女性も選べるでしょうに」

ずっと静観していた男性が口を出してくるので、にこやかに尋ねた。

「あなたは?」

「私はFUJIMIYAの会長秘書をしております黒岩《くろいわ》と申します。今日は所用でこちらに来たんですが、ちょうど私がいてよかったですよ」

FUJIMIYAの会長は、葵と学の祖父だ。所用とはいえ、秘書がここにいるなんて、学の母親と怪しい関係なのだろうか。

「ご心配には及びませんよ……あっ、葵、準備できたか？」

フッと微笑して返せば、葵がスーツケースを持って戻ってきた。

「ええ」

「じゃあ、行こう」

葵の手を引くと、義母が慌てた様子で俺たちを引き止める。

「ち、ちょっと待ってください。どちらに？」

「僕の家に彼女を連れて帰ります。また変な見合いをさせられたら大変ですからね」

チクリと嫌みを言って玄関を後にするが、ふたりの視線を痛いほど感じた。

葵を連れて車に戻ろうとすると、学が現れて俺を呼び止める。

「え？　京介さん、姉を連れてどこへ？」

彼は葵のスーツケースにチラリと目を向けた。

「今日から彼女は家《うち》で暮らす。詳しい理由は後で説明するよ」

今ここで仮初の婚約の話はできない。

彼は呆気に取られていたが、構わずスーツケースを車のトランクに入れ、葵を助手席に乗せた。

俺も運転席に座ると、彼女がジーッと俺を見据えてくる。

「あなたの家に連れていくって本当なの？」

「ああ。俺の家で暮らす方が婚約者アピールできるだろ？」

ひとりでホテルに泊まらせるのは心配だ。義母が人を雇って彼女を連れ戻す可能性もある。

「でも、私が一緒に住んで芹沢くんは平気なの？」

「平気だよ。それより下の名前で呼ぶように言ったのに、どうしてまだ名字なのかな？」

不思議に思って尋ねると、彼女が俺から視線を逸らし、素っ気なく返す。

「慣れてないの」

必死にポーカーフェイスを装っているようだが、彼女の動揺が手に取るようにわかる。

「だったら、練習しよう。ほら、京介って呼んで」

「練習の必要なんてないわ」

少し頬を赤くしながら突っぱねる葵が、かわいく思えた。

「照れて言えないんだ？」

挑発するように言えば、彼女がムキになって言い返した。

「言えるわ。きょ、京介、早く車を出して」

動揺しまくりじゃないか。

「ぎこちないな。やり直し」

ちょっと楽しくなってそう言うと、彼女があたふたした。

「は、早く出ないと義母が変に思うわ」

男を下の名前で呼ぶのも抵抗あるなんて、どんだけ箱入り娘なんだか。

「仕方ないな」

クスッと笑って車を発進させると、六本木《ろっぽんぎ》にある俺のマンションへ帰宅。

ひと通り部屋を案内して、彼女に告げた。

「まだ引っ越してきたばかりでベッドがひとつしかないんだ。俺はリビングのソファを使うから、葵は俺の寝室を使って」

「えっ、待って。そんなの悪いわ。芹沢く……京介の方が身体が大きいし、私がソファでいいわよ」

「レディーをソファで寝かせられるわけがないだろ？」

俺の言葉を聞いて、彼女が驚いた顔をする。

「……私もレディーに入っているのね」

「なにそのリアクション？　男と思ったことはないよ」

気になってじっと葵を見つめるが、プイと顔を逸らされた。

「そう。ちょっとバスルーム借りていいかしら？」

彼女が落ち着かない様子なので、優しく提案した。

「ああ。ついでにシャワーを浴びてくれれば？　今日は疲れただろう？」

見合いに、仮初の婚約、そして俺のマンションで同居。葵にとってみれば大変な一日だったはず。

「……ありがとう」

まだこの状況に混乱しているようで、彼女は俺と目を合わせてくれない。

「なんなら俺が身体を洗おうか？」

葵の耳元で甘く囁けば、彼女の顔が一瞬で真っ赤になった。

「結構よ！」

俺の胸をドンと押して彼女はスーツケースを持ってバスルームへ直行するが、あまりに気が動転していたのか、スーツケースに足をぶつけた。

「痛い！」

足を押さえて顔をしかめる彼女に駆け寄り、声をかける。

「大丈夫か？　そんなに慌てなくてもバスルームは逃げないよ」

「わかってます！」

半ばキレ気味に言って、彼女はバスルームに入っていく。

「男に免疫がなさすぎじゃないか？」

葵の慌てぶりに自然と笑みがこぼれる。

仕事のメールでもチェックしようと思ったら、ズボンのポケットに入れておいたスマホがブルブルと震えた。

スマホを手に取って確認すれば、学からのメッセージ。

【姉が京介さんのところで暮らすって、どういうことですか？】

そういえば、学に連絡するのを忘れていたな。

【カモフラージュで葵と婚約することにした。でないと、また見合いさせられる。俺の家にいれば、学のお母さんも手出しできないさ】

学だって自分の母親が姉につらく当たる姿を見たくはないだろう。

【それはそうですが、姉はオーケーしてるんですか？】

手放しで賛成できないのか、学が葵の意思を確認してくる。

【まあ渋々といったところかな】

相手が俺なのは不服だろうが、彼女だって見合いはしたくなかったはず。

【そうですか。まだ結婚してないんですから、手は出さないでくださいね】

まだ？

その言葉にいささか違和感を覚えたが、つっこまずに返事をする。

【わかってるよ】

学がなんとなく同居には賛成していない空気を察したので、すでにキスしたことは伝えなかった。

【姉を泣かせたら許しませんよ】

俺が葵を泣かせる？

彼が送ってきたその文面に殺気を感じた。

「ああ～、もういったいなんなの～？」

バスルームに逃げ込むように入り、頭を抱える。

芹沢くん……京介と婚約？　彼の家に同居？

頭が追いついていかない。本当なら今日の見合い相手との結婚が決まっていたのだ。

なのに芹沢くんが見合いを邪魔しにきて……。それに……キスだってした。

ただただ驚いてしまったけれど……彼の唇、柔らかかった。

わかってるわ。芹沢くんは私が好きでキスしたんじゃない。それでも……頭がおかしくなりそう。お、落ち着くのよ。

こんなに動揺していては芹沢くん……ううん、京介に私の気持ちがバレてしまう。

あ～、これからどんな顔をして彼と顔を合わせればいいの？

そうだ、早紀に相談しよう。

ポケットからスマホを出して早紀に電話をかけると、見合いのことを気にしていたのか、ワンコールで出た。

《見合いどうだったの？》

やはり開口一番に見合いのことを聞いてくる。

「聞いて～。芹沢く……京介が学に頼まれて見合いを邪魔してきて……なぜか彼の婚約者のフリをすることになっちゃったの」

一気に捲《まく》し立てるように説明すると、早紀は驚きの声をあげた。

《えぇ～！　なにその急展開。しかも京介って！》

「それだけじゃないの。京介と一緒に住むことになって、今彼の家にいるのよ」

叫びたいのを我慢して小声で説明すると、彼女はすごく驚いたようで声のトーンを落とした。

《嘘……。芹沢くんの家にいるの？》

彼女がすぐに信じられないのはわかる。

「自分でも信じられないけど、本当なの。もうどんな顔していいかわからない」

見合いを邪魔された時は、すごく腹を立てていた。

京介への思いを必死に忘れようとしていたのに、彼が見合いを台無しにしたから。

でも、キスされてからは、自分の思いが顔に出てしまうんじゃないかってハラハラしている。

ポーカーフェイスは苦手だ。もし私の恋心を知ったら、彼は迷惑に思うかもしれない。

私が学の姉だから、彼が救いの手を差し伸べたのはわかっている。

私を好きだなんて勘違いはしない。

《落ち着いて、葵。これはチャンスよ。ずっと好きだった芹沢くんのそばにいられるんだよ》

「そうよね。ポジティブに考えなきゃ」

これは神さまが私にくれたチャンスなのかもしれない。

《そうそう。一緒にいて、まずは葵を彼に知ってもらうの》

親友のアドバイスを聞いて、少し心が落ち着いてきた。

「頑張るわ」

ずっと彼の前では意地を張ってきた。もっと素直になるべきなのだ。

《その意気よ》

早紀の言葉にコクッと頷く。

「うん……また連絡する……!?」

「葵？　寝てる？」

突然の京介の声に驚いて、ブチッとスマホの通話ボタンを切る。

脱衣所のドアの外に彼がいる⁉

「だ、大丈夫！　起きてます！」

慌てて返事をすると、クスッと笑い声がして彼にからかわれた。

「くれぐれもお風呂の中で寝るなよ。俺が助けに行く羽目になるから」

「ならないわ、変な想像しないで！」

裸の自分を京介が助けるのを想像して、顔が熱くなる。

彼の気配がなくなると、ハーッと息をついた。

私……心臓持つかしら。

【急に切ってごめんね。また連絡するわ】

早紀に悪いと思ってメッセージを送ると、すぐに返事が来た。

【健闘を祈る】

その文面を見て、思わず笑ってしまう。

まだどう京介と接していいのかわからない。でも、彼と一緒に住むことになったんだもの。意地を張らずに接して、ありのままの私を知ってもらうのよ。それで私のことを好きになってもらいたい。

今私が好きだって伝えても振られるのはわかっている。だから、彼が私をちゃんと異性として見てくれるようになったら、告白しよう。ひとまずは彼に私の気持ちがバレないようにしなきゃ……って、早くシャワー浴びないと。また京介が来ちゃう。

服を脱いでガラス張りのシャワーブースに入るが、好きな男性の家でシャワーを浴びることにドキドキしてしまう。

ボディーソープやシャンプーはフランスのブランドで、ラベンダーの爽やかな香りがした。

彼と同じのを使うのね。それだけでいちいち舞い上がる私って……。

あ〜、落ち着くのよ。今彼に好きだってバレたら絶対に距離を置かれるんだから。

中学、高校、大学と彼に告白する数多の女の子たちを見てきた。

京介は優しいけれど、やんわり断って笑顔で相手を引き離す。押しの強い子とは仕方なく付き合ったことはあったようだけれど、長くは続かなかった。やはり玲香先輩のことを思っていたからだと思う。

今の時点で彼が私を好きではないことはわかっている。そもそも私を好きなら、婚約者のフリをするなんて提案はしないはず。

どうすればいい？

シャワーを終え、とりあえず家から持ってきたシルクのパジャマに着替えた。

スーッと息を吸って心を落ち着かせると、スーツケースを持ってリビングへ行く。

カチャカチャとキーボードを叩《たた》く音がして静かに中に入ると、京介がソファに座り、ノートパソコンを広げて仕事をしていた。横には自分の就寝用に用意したのかブランケットが置いてある。

そんな姿もカッコよくてじっと見ていたら、彼が私の気配に気づき、ソファから立ち上がった。

「葵、シャワーでも結構時間かかるな……って、髪濡れたままじゃないか」

「え？　だ、大丈夫。そのうち乾くわ」

私の頭を見てギョッとした顔をする彼に、できるだけ平静を装って言い返す。

「風邪引くだろ。パジャマだって襟が濡れてる」

こちらへやって来て呆れ顔で私の髪に触れると、彼はリビングを出ていく。

「そんな大騒ぎしなくても……」

呆気に取られていたら、京介がドライヤーを持って戻ってきた。

「乾かすからソファに座れ」

初めて聞く命令口調。

「本当にすぐ乾くから」

苦笑いしながら断るが、彼はソファを指差してもう一度命じる。

「いいから座れよ。婚約者に風邪を引かれたら困る」

「……ああ。京介に移しちゃうわよね。でも、私、身体は丈夫なのよ」

渋々ソファに腰を下ろすと、彼が私の髪にドライヤーを当てながら意地悪く言う。

「昔、高熱押して弓道の試合に出たのは誰だっけ？」

「あ、あれはたまたまよ」

京介に医務室に運ばれたことを思い出してバツが悪くなり、つっかえながら言い返す。

「合宿終わった次の日に決まって熱を出すのは？」

多分、学からの情報だろう。

「風邪とか熱とか病気のうちに入らないわ」

笑ってみせるが、彼は真剣な顔で諭すように言う。

「葵がなにかと無茶するから、学も気が気じゃないんだ。ちゃんとそこんところ自覚してほしいな」

「私は無茶なんか……」

反論しようとしたが、言葉が出てこなかった。

学が心配するから、私の話が京介に伝わっているのよね。

「義理の母親と仲がよくなかったのに家を出ようとしなかったのは、藤宮家を守るためだろ？」

「そんな大層な理由じゃないわ。単にひとり暮らしの部屋を探すのが面倒だったの」

本当はひとりになるのが寂しかった。家にいれば、亡くなった父や母に守られているような気がして安心する。

でも、見合いをさせられなくても、弟が無事に社長になったからそのうち仕事を辞めて家を出るつもりだった。

「意地っ張り。葵はもっと人に頼った方がいい。もうひとりで抱え込むなよ。俺がいる」

彼の言葉が胸に刺さった。

そんなセリフ、簡単に言わないでほしい。本気にして甘えたくなる。

「期間限定でしょう？　いつまで婚約者のフリをするの？」

勘違いしないためにも現実的な話をすれば、曖昧《あいまい》な返答をされた。

「そうだな。どちらかに好きな人ができるまでとか？」

すでにいる場合はどうすればいいの？

京介だって玲香先輩のことを思っているのでは？

「急に黙り込むなよ。俺の提案が不服なのか？」

「お互い好きな人ができなければ、一生婚約者のフリをすることになるかもよ」

ちょっとおどけてそんな話をしたら、彼が軽く笑った。

「葵が相手なら退屈せずに済みそうだな」

……彼の心の中が全然読めない。

玲香先輩と結婚したいと思わないのだろうか？　割り切った関係とか？

だから、好きでもない私にだってキスできた？

ああ～、わからない。今まで誰とも付き合ったことがないから恋愛には疎《うと》いのよ。

「退屈せずに済むって……私をなんだと思ってるの？」

平静を装いながらそんな質問を投げると、彼は少し考えて楽しげに笑う。

「うーん、俺のペット？」

「誰がペットですって？」

振り返って睨みつけたら、彼が悪戯《いたずら》っぽく目を光らせた。

「現に今、俺にお世話されてるだろ？」

「それはたまたまです」

「そういうことにしておこうか。髪乾いた。俺もシャワー浴びてくる。適当に寛いでていい。なにか飲みたければ冷蔵庫にあるから」

私の頭をポンとしてソファから立ち上がる京介に、ボソッと「ありがとう」と礼を言うと、彼が笑顔で返した。

「どういたしまして」

そのキラキラした笑顔にときめいてしまう。

彼がリビングを出ていくと、ひとり発狂した。

「ああ〜、私ってどうしてもっとにっこりできないの！」

かわいくない女だなって思われたかも。でも、急にニコニコしたら変に思われる。

なにか挽回策はないかしら？

「あっ、料理を作ればいいのよ」

思いつくと同時にキッチンへ移動する。鍋などの調理器具や調味料はあるが、使った形跡がない。

帰国して間もないし、料理なんかする暇もないのだろう。

「食事、どうしてるのかしら？」

彼の食生活が気になる。冷蔵庫の中を見ると、ほぼ飲み物で埋まっていた。

「ミネラルウォーターに、オレンジジュース、コーラに……ん？　プリン？」

食材はなく、唯一の食べ物のプリンをジーッと見つめていたら、背後から声がした。

「好きなの飲んでいいよ」

振り返ると、シャワーを浴び終えた京介がいて、タオルで頭をゴシゴシと拭いている。

京介も髪ちゃんと乾かしてないじゃないの。

心の中でそうつっこんだけど、濡れた髪の彼もしっとりとした色気があって素敵で、口に出せなかった。

「なにか作ろうと思ったんだけど……」

「俺に作ってくれようとしたんだ？」

顔をニヤニヤさせながら聞いてきたので、彼から顔を背けて否定した。

「違うわ。単にお腹が空いたの。あなたのは……ついでよ」

「ついでねえ。残念ながらうちに食材はないんだ。コンシェルジュに頼むか。隣のホテルにいつもお願いしてる」

京介がスマホを出して私に手渡す。

その画面にホテルのテイクアウトのメニューが載っていた。

「デリバリーが嫌なら、パスタ作るけど。玲香さんに引っ越し祝いっていうか、帰国祝いをもらったんだ」

不意に彼の口から玲香先輩の名前が出てきて、思わず声をあげる。

「え？　玲香先輩、ここに来たの？」

「いや、昨日の集まりでもらったんだよ」

彼の返答を聞いて安堵《あんど》するが、恋敵にもらったパスタは食べたくなかった。

「そう。デリバリーでいいわ。このプリンは？」

すぐに話題を変えると、彼が冷蔵庫のプリンを見て少年のようにニコッと笑った。

「ああ。俺のおやつ。プリン好きなんだ」

京介がプリン好きだなんて意外。なんだかかわいい。

「そうなのね」

なんとか澄《す》まし顔で返して冷蔵庫を閉めるけど、ついつい頬が緩んでしまう。

「それで、なに頼む？」

京介がスマホの画面を覗《のぞ》き込んできたものだから、ドキッとした。

「え？　京介と同じものでいいわ」

「軽くつまめるものにしとく？」

「そうね。もうシャワーも浴びたから」

本当は緊張で食欲はない。冷蔵庫を見たのだって、京介になにか作るためだったし。

「了解。スマホ貸して」

京介が手を出してきたので、持っていたスマホを彼に返した。

「……あっ、うん。ありがとう」

どうしよう。接近されると心臓のドキドキが止まらない。

考えてみたら、昨日四年ぶりに京介に再会したのだ。彼への免疫がまだできていない。慣れるまでに時間がかかる。

胸をそっと押さえながら京介に目をやると、彼はいつもと変わらぬ様子でスマホを操作していた。

そのちょっとした姿を拝《おが》めるだけでも眼福なのだけれど、ここで気を緩めてはいけない。にやけてはダメ。

頬に手を当て、平常心、平常心と自分に言い聞かせていたら、京介がそんな私を見て怪訝な顔をする。

「どうした？　熱でもあるのか？」

「違うわ。肌の乾燥が気になったのよ」

咄嗟《とっさ》にそんな言い訳をすると、真顔で返された。

「肌の乾燥？　全然綺麗じゃないか」

綺麗……？

顔を褒められたわけではないが、彼から聞き慣れない言葉が出てきて舞い上がりそうになる。

「アメリカ行って思ったけど、葵ほど綺麗な肌の女性っていない。葵で見慣れてたからビックリした」

「日本人はもともと肌が綺麗な方なのよ」

謙遜する私の顔を彼がジーッと見つめてくる。

「へえ。でも、葵は特に綺麗だよ。まあ自慢していいんじゃないか」

「自慢って……するものじゃないと思うわ」

見つめられるのが恥ずかしくて、少しずつ視線を逸らしながら反論する。

「そういうところ、葵らしい。昨日の弓道部の同窓会でも、みんな葵の話をしてたよ。美人で、恋人にしたいって」

「みんな優しいのよ。いまだかつて告白なんてされたことないもの。そう、それが自慢よ」

　誇らしげに言えば、京介がククッと笑った。

「間違いなく葵はもててたよ。だが、学が変なのガードしてたし、俺と付き合ってるって噂もあったから、告れなかったんだろうな」

「嘘！　……そんな噂初耳なんだけど」

　玲香先輩と京介が付き合ってるって噂しか聞かなかったわ。

　衝撃的な話をされ、かなり動揺していた。

「葵が鈍くて気づいてなかっただけ」

「鈍いって失礼ね」

「事実を言ったまでだよ。……そうだ。葵のスマホ貸して」

　京介がなにか思い出したように言って、私に手を出してくる。

「どうして？」

　首を傾げつつも、彼にスマホを渡して理由を聞いた。

「連絡先と、あとGPSを登録しとく。お互い居場所がわかってた方がいいだろ？　……あの黒岩という秘書、なんだか目つきが気に入らなかった」

　京介が人のことを悪く言うのは珍しい。

「ああ、黒岩さんは私も苦手だわ。彼は祖父のお気に入りだけど、義母の愛人なの」

たとえ仮でも婚約者なので京介に黒岩さんと義母の関係を説明しておくと、彼は納得したような顔で返す。

「やっぱり愛人だったか。学はそのこと知ってるのか？」

「気づいてると思うわ」

「そうか。あの秘書、葵のことをよく思っていないようだった」

私をジーッと見据えてどこか思案顔で呟《つぶや》くように言う彼に、小さく頷いた。

「ええ。私は義母に嫌われているから、黒岩さんもその影響を受けているんだと思うわ。彼のお陰で私は祖父の信用までなくしてしまって……あっ、なんでもないのよ」

京介に愚痴を言っていることにハッと気づいて笑ってごまかそうとしたら、彼に睨まれた。

「ひとりでなんでも抱え込むなよ。今日会った感じから想像がつくけど、ありもしないことを葵のお祖父さんに吹き込んだんだろ？」

「……まあ、そんなところね」

彼が怖い顔をするものだから、仕方なく認める。

昔は祖父も私に優しかった。会えば『今日も葵は綺麗だな』といつも笑顔だったのに、それが変わったのは父のお葬式からだった。

父の秘書もしていた片桐の話では、黒岩さんが祖父に、私が休職したのは仕事に飽きてホストに貢いでいるからだと嘘の報告をし、私が手に負えないじゃじゃ馬のようなイメージを植えつけたらしい。義母が父の介護もせず遊び呆けていたことを隠す目的もあったのだろう。

他にも私が社員を罵倒したとか、会社のお金を使い込んだとかありもしない話を吹き込むものだから、私はすっかり祖父に嫌われてしまい、今はまともに話も聞いてくれない。

祖父は長年尽くして来た黒岩さんをとても信頼しているから、学や片桐がいくら黒岩さんの言うことを否定しても聞く耳を持たず、私と祖父の関係は悪化するばかりだった。

「これからは俺になんでも言えよ。とにかくなにかあったらすぐに連絡取れるようにしないと」

自分のスマホと私のスマホを交互に操作する京介を見て、クスッと笑った。

「結構心配性ね」

芹沢製薬の御曹司のところにいる私をどうこうしようなんて、さすがに黒岩さんも義母も考えないと思う。

「なにかあってからでは遅いんだよ」

京介に窘《たしな》められるように言われ、「ごめんなさい」と謝ったら、ピンポーンと玄関のインターホンが鳴った。

「あっ、デリバリーだな」

彼が私にスマホを返し、すぐにインターホンに対応して玄関に行くと、フーッと息を吐いた。

京介は黒岩さんを警戒している。杞憂であればいいと思うが、目下のところ私が一番悩んでいるのは京介のことで、一緒にいるとどうしても意識してしまって、気が変になりそうだ。

このまま同居して私の神経持つかしら。

そんなことを考えていたら、スマホが鳴って学からメッセージが届いた。

【なにかあったら連絡して】

心配してメッセージを送ってきたのだろう。

【彼との同居も学の計画？】

やはり確認せずにはいられなくて弟に聞く。

【そこはノータッチ。京介さんの独断だよ】

偽装の婚約も同居も、学が頼んだことじゃないのね。私の立場に京介が同情してくれたってところだろうか。

【彼と一緒で心臓がおかしくなりそう】

学に訴えるけど、軽くあしらわれた。

【何事も慣れだよ。じゃあ、おやすみ】

慣れって……一生慣れそうにないわよ。空気だってどう吸っていいのかわからなくなるのに。

これ以上学に言ってもいい回答は得られないと思い、【おやすみ】と短く返したら、京介がホテルのロゴが入った紙袋を持って戻ってきた。

「食べよう」

「ええ」と返事をすると、彼がソファの前のテーブルに料理を並べる。

サンドイッチに、コンソメスープ、それとカフェインレスコーヒー。

「食べられるようならこの牛カツサンド食べてみろよ。俺のオススメ」

京介が私の横に座ってサンドイッチを指差し、とびきりの笑顔を向けてきたものだからドキッとした。

「うん。……あっ、ホント美味しい」

私……考えてみたら、彼の食事の好みを全然知らない。でも、これから知っていけばいいわよね。

夕食を終えると、もう十二時近くになっていて、京介に声をかけられた。

「今日は疲れただろ？　ベッドはひとつしかないし、俺の寝室使ってもらっていいから」

紳士らしく彼が譲ろうとするが、きっぱりと断った。

「居候は私だもの。リビングのソファで寝るわ」

「ソファじゃ充分寝られないと思うけど」

「私がベッドを使ったら、あなたが寝られなくなるじゃない。明日、仕事でしょう？」

京介の方が私より身体が大きいし、彼は明日仕事があるはず。

「明日は朝、葵のおじいさんに婚約の挨拶をして、それから長崎《ながさき》に行く。葵も一緒に」

もう決定事項のように言うものだから、驚いて聞き返す。

「私も？」

「そう。祖母が長崎にいるんだ。帰国の挨拶と、婚約の報告」

京介の親族にまで嘘をつくのはなんだか気が引けた。

「待って。私は本当の婚約者じゃないのよ。騙すのはつらいわ」

「祖母はもう先が長くないんだ。俺は今のところ結婚する気はないし、祖母を喜ばせてあげたいんだよ」

少し悲しそうな目で告げる彼に、もう反論はできなかった。

「……そう。わかったわ」

京介にも事情がある。親よりも先に私を婚約者として紹介するのだから、彼にとってとても大切な存在に違いない。

「大丈夫。きっと葵を気に入るよ」

私を安心させようと優しく肩を叩く彼に、小さく笑ってみせた。

「だといいけど」

彼のおばあさまに気に入られるよう私も頑張らないと。

「じゃあ、俺はちょっと書斎で仕事するから、眠れなかったら言って。多分、一時間も寝れないんじゃないかな。ソファで寝たことないだろ?」

私がお嬢様育ちだと思って心配しているのね。でも、そんな心配は無用なのに。

父の介護をしていた時は、パイプ椅子で寝ていたことだってある。

「大丈夫。どこでだって眠れるし、夜中に京介を起こすこともないわ」

自信満々に答える私に、彼はフッと微笑した。

「そう。部屋の照明はこのリモコンで調節できるから」

京介がリモコンをソファ前のテーブルに置き、リビングを出ていく。

早速リモコンを操作して照明を暗くし、ソファに横になるが、神経が高ぶっているのかなかなか寝つけない。

この状況で眠れる方がおかしいわよね。ここはずっと思い続けていた京介の家だもの。

「今夜は眠れそうにないかも」

ムクッと起き上がって窓の方へ行き、カーテンを開けると、空がピカッと光った。

雷？

数秒後にゴロゴロと音がして、雨が降り出した。

今度は雷鳴が響く。反射的に両耳を押さえてしゃがみ込んだら、すぐにゴロゴロズドーンと地響きのような爆発音がして、思わず叫んだ。

「キャッ！」

ああ、よりにもよって雷なんて……。

昔から雷は苦手だ。子供の頃、うちの庭の木に雷が落ちたことがあるのだ。

外では怖くないフリをしているけれど、やはり部屋にひとりでいると怖い。

また大きな雷が落ちて、電気がパッと消えた。

「え？　停電？」

部屋が真っ暗になりパニックになっていたら、リビングのドアが開いて京介が入ってきた。

「葵、大丈夫か！」

彼がスマホのライトで部屋を照らし、私に近づいてくる。

「だ、大丈夫。突然暗くなってビックリしただけ」

スッと立ち上がり、できるだけ平気なフリをしたのだが、あっさり彼にバレてしまう。

「声が震えてる。無理するなよ」

「本当に大丈夫……キャッ!?」

意地を張るが、大きな雷が鳴ってギュッと目を閉じたら、彼に抱きしめられた。

「馬鹿。強がるなよ。雷怖いんだな」

京介の言葉が耳に入らないぐらい雷が鳴っていて、もう怖くて仕方がない。

彼の背中に手を伸ばしてしがみついたら、優しく言葉をかけられた。

「大丈夫。俺がいるから大丈夫だ」

「雷……落ちない？」

子供のように確認する私の頭を撫でて、彼が断言する。

「よそに落ちても、うちには落ちない」

「本当に？」

「本当。弓道の部活でもよく雷鳴ってたじゃないか。他の女子部員は騒いでたけど葵は平然としてたから、雷なんて怖くないと思ってた」

「後輩が怖がってたから、私がしっかりしなきゃって……思ったの」

鳴り続ける雷の音に、声だけじゃなく身体も震える。

停電で雷の光がよくわかるから余計に怖かった。

「なるほどね。葵らしいな」

穏やかな声で相槌を打ったかと思ったら、彼が私を抱き上げてソファに運ぶ。

「雷、まだやみそうにないな。しばらくこのままで」

京介に毛布をかけられ、私はそのまま彼の胸に頬を寄せた。

藁《わら》にも縋《すが》るような思いだったのだ。気が動転していなければ、彼の胸を借りることはなかっただろう。

「大丈夫。そのうちやむよ」

私に怖くないって言い聞かせるように、京介は頭をずっと撫でてくれていた。


「ん……んん⁉」

朝起きると、誰かと抱き合っていて血の気がサーッと引いた。

逞《たくま》しい胸。明らかに相手は男。足もしっかり絡み合ってて、密着状態。

相手は……京介だ。

一瞬夢でも見ているのかと思ったけど、彼の肌の感触も熱も感じる。

おまけにベッドの上にいて、ますます混乱した。

リビングのソファで寝ていたはずなのに……って、そんなこと考えてる場合じゃないわ。これ、どうすればいいの～！

どうしてこの状況に？　京介はもう起きてるの？

顔を少しずつ上げると、彼はもう起きていてばっちり目が合った。

「おはよう」

楽しげで、それでいてどこか甘く光る彼の目を見て、激しく狼狽《うろた》えた。

「おはよう……ございます」

「なんで敬語？」

彼がクスッと笑って私を見つめてくるので、伏し目がちに言い訳する。

「ね、寝起きだから」

「寝起きでも心臓バクバクなんだな」

そんなに私の心臓の音が聞こえているのだろうか。

「そ……それは突然ベッドに移動しててビックリしたの！」

京介がからかってきたので、ムキになって言い返した。

「ああ。葵が寝たからソファからここに運んだわけ」

落ち着いた様子で答える彼に、心臓がドッドッドッと激しく鼓動しているのを感じながら問う。

「きょ……京介が一緒に寝てるのは？」

服は着ているからなにもなかったとは思うのだけれど、確認せずにはいられない。

「葵が俺の腕を掴んで離さなかったんだよ。期待しているのに悪いけど、昨日はなにもなかったから」

「期待なんかしてません！」

悪戯っぽく目を光らせながら私をからかう京介を上目遣いに睨みつけるが、彼は余裕顔。

「さあ、起きて準備しよう。九時に葵のじいさんにアポを取っているんだ」

京介の言葉で部屋を見回して時計を探せば、ベッドサイドに置いてあるデジタル時計に八時と表示されていて慌てる。

「嘘！　もう八時。時間がないわ」

「大丈夫だよ。葵、化粧する必要ないし。ちょっと髪とか乱れてる方が恋人らしくていいだろ？」

ベッドを出て悔しいくらいカッコいい笑顔で減らず口を叩く彼に、近くにあった枕を投げつけた。

「全然よくないわ！」

無性に喉が渇いて……　―　京介 side

「京介から聞いた時は耳を疑ったけど、フリとはいえ婚約するなんてね」

朝、俺のマンションにやって来た春斗《はると》が、葵をまじまじと見て言うので、クスッと笑った。

「事情は昨日話しただろ。葵、こいつは俺の二歳下の従弟《いとこ》の芹沢春斗」

黒と金のまだら模様の髪に、耳にはピアス。見た目は派手でチャラいが、彼は薬学に通じていて、頭もキレる。うちのアメリカの研究所で働いていたが、俺と共に帰国。以後、俺の補佐役として共に行動している。

「はじめまして、藤宮葵です」

葵が笑顔で挨拶すると、春斗が彼女の手をギュッと握った。

「春斗です。よろしく。京介、こんな美人どこに隠してたの？　俺が本気でお相手をしても……痛《い》て！」

春斗がなかなか彼女の手を放さないので、パシッと彼の頭を叩いた。

「いつまでも握ってるな。大事な預かりものなんだから」

「預かりものねえ。京介が赤の他人を大事にするなんて、雪でも降るんじゃないの？」

顔をニヤニヤさせて弄《いじ》ってくる彼を鋭く睨みつけた。

「うるさいよ」

春斗と俺のやり取りを見て、葵が花のように可憐に微笑む。

「ふふっ、仲がいいんですね」

「……花の妖精？」

春斗がそんな言葉を呟きながら、葵をボーッと見つめる。

まあ見惚《みと》れる気持ちはよくわかる。葵の美しさは表面的なものだけではない。心も綺麗だから誰もが目を奪われるのだ。

「春斗、頼んでいたものは？」

春斗に聞くと、彼はジャケットのポケットから赤い小箱を出した。

「はい、これ。言っとくけど、俺は京介の補佐役であって、小間使いじゃないんだからね」

「はいはい。ご苦労だったな」

春斗の文句を軽くあしらいながら手を差し出せば、彼がまだ恩着せがましく言ってくる。

「臨時ボーナスもらおうかな。じゃあ俺、先行ってるから」

俺にポンと小箱を手渡すと、春斗はニヤリとして玄関を出ていった。

「それは？」

小箱に目を向ける葵に、小さく微笑しながら聞き返した。

「なんだと思う？」

ファッションを仕事にしている彼女なら、箱の中身がなんなのかわかるはず。

「見た目からして宝飾品じゃない？　でも、京介って普段アクセサリーつけないわよね？」

「俺のじゃない。葵がつけるんだよ。これがないと挨拶できないからな」

春斗から受け取った小箱から取り出したのは、婚約指輪。

オーバルカットのダイヤが煌《きら》めいているその指輪は、昨夜葵が寝た後に俺が外商に頼んで調達してもらったもの。

「嘘……。私に……？」

指輪のことなどまったく頭になかったのか、彼女は口に両手を当てながら驚く。

「婚約の証《あかし》として必要だろう？」

「……あった方が婚約者らしく見えるかもしれないけど、この指輪、春斗さんが選んだの？」

戸惑いの表情で尋ねてくる彼女の手を取って、指輪をはめた。

「いや。俺が選んだんだ。これなら葵に似合うかと思って。よかった。サイズもピッタリだな」

「合わなかったらどうするつもりだったの？」

「俺に間違いはないよ」

自信満々に言い切る俺を葵が呆れ顔で見る。

「たいした自信ね。でも……本当にいいの、これ？　とても高価だったはず――」

「返されても困る。もう葵のものだよ」

葵の言葉を遮って指輪に恭《うやうや》しく口づければ、彼女が少しはにかみながらもとても嬉《うれ》しそうに微笑んだ。

「ありがとう。すごく気に入ったわ。大事にする」


それから社用車に乗ってＦＵＪＩＭＩＹＡの本社に向かうと、葵と共に彼女の祖父で会長の藤宮誠一郎《せいいちろう》に面会した。

「恋人がいるなら早く言えばいいものを。だが芹沢さんが葵と結婚してくれるのなら安心だ」

葵の祖父は彼女の薬指の婚約指輪をチラッと見ると、じっと俺たちを見据えてくる。

この祖父にもう少し理解があれば、葵が見合いをすることにはならなかったかもしれない。

まあ、うちも似たようなものだ。俺が帰国してから父が執拗に見合いを勧めてくる。

「すみませ……」

葵がうつむいて祖父に謝罪しようとしたので、すぐに彼女の言葉を遮った。

「いろいろとお騒がせしてしまってすみません。僕がアメリカにいたこともあって、すれ違いもあったものですから」

たとえ葵の身内だろうが、彼女が責められる姿は見たくない。それに、これは俺が彼女に提案したこと。俺が守らなければ。

「土壇場で心変わりしないことを願うよ。君も父君と同じようにモテるようだからね」

葵の祖父がチクリと嫌みを言うが、笑顔で返した。

「僕には葵だけですのでご安心ください。では、これで失礼します」

父親のことに触れられて動揺する俺ではない。

どこか不安そうな顔で俺を見つめている葵の手を掴み、一礼して退室する。

「おじいさまが失礼なことを言ってごめんなさい。あなたのお父さまのことまで悪く言うなんて」

部屋を出ると、彼女が申し訳なさそうに謝る。

「気にしなくていい。事実だから」

「え？」と声を発して少し固まっている彼女に、淡々と俺の家族の事情を話す。

「俺の親父は昔から女遊びが激しくて、愛人もいた。それで、母は嫌気が差し、当時まだ五歳だった俺を置いて家を出て、そして離婚した」

だからだろうか。家族というものに俺はなにも期待していない。母とはもう会っていないし、連絡を取り合うこともなかった。父から聞いた話では、今は海外で恋人と楽しく暮らしているそうだ。

俺が女性を冷めた目で見てしまうのは、母親に捨てられたせいだろう。告白されたことは数えきれないほどあるが、すべて断っていた。それでもしつこく言ってくる女性が数名いて、もう断るのも億劫になって惰性で付き合ったことが何度かある。でも、どの女性も本気にはなれなかったので、数回デートして終わった。恋愛なんてくだらないと思っていたのだから、当然なのかもしれない。

結婚だって興味はないし、一生独身でいるつもりだ。幸せな家庭を知らない俺が結婚したって、相手を不幸にするだけだろう。

母が出ていってから小学校を卒業するまでは長崎の祖母の家で暮らしたのだが、親も与えてくれなかった愛情を俺に注いでくれた祖母には感謝している。

「……そうだったのね。全然知らなかったわ。つらかったわよね」

俺は家族のことをもうなんとも思っていないけど、葵は心配して優しい言葉をかけてくる。

「まあよくある話だよ」

葵が気にしないよう笑ってみせたら、メガネをかけた三十歳前後の男性が現れ、親しげに彼女の肩に触れた。

「葵さん、学さんが呼んでいます」

メガネの男性はチラリと俺を見て、すぐに葵に目を向けた。

なんとなく相手に観察されているような感じを受けたので、彼女に尋ねる。

「彼は？」

「彼は学の秘書の片桐よ。片桐、彼……芹沢さんと婚約することになったの。ＦＵＪＩＭＩＹＡも辞めることになったし、学のことお願いね」

葵は明るい声で軽く俺との婚約や退職の話に触れると、弟のことを頼んだ。それだけ彼を信頼しているのだろう。『片桐』と呼んでいるのも、どこか親密さを感じさせる。

「葵さん……」

その片桐が驚きで一瞬目を大きく見開いたが、すぐに俺をじっと見据えてきた。

この様子、少なからず葵に気があるのではないだろうか。俺への視線にはなんだか敵意を感じる。

「あなたが学をしっかりサポートしてくれるから安心よ。京介、悪いんだけどちょっと待っててくれる？」

葵は片桐の様子には気づかず、俺が「ああ」と返事をすると、隣の部屋に入っていった。

彼女がいなくなると、片桐が俺に不躾《ぶしつけ》に聞いてくる。

「葵さんとのこと、本気なんですか？」

「本気ですよ」

彼を真っ直ぐに見て口元に笑みを湛えて答えたら、今度は対決姿勢を剥《む》き出しにした口調で言われた。

「失礼を承知で言いますが、彼女を不幸にしたら許しませんよ」

初対面の俺に警告するのだから、相当葵のことを思っているはず。

俺に喧嘩を売るくらいなら、葵をものにして自分が守ればいいものを。

「それは怖いですね」

「あなたが恋人なんて話は彼女から聞いたことがない。本当に付き合っていたなら、彼女をずっとひとりにはしなかったはず。前の社長の闘病中どれだけ彼女が苦しんだか」

一方的に俺を責める彼をどう攻略するか考えながら静かに告げる。

「申し訳なく思っています。だから、もう彼女をひとりにしない」

「あなたの言葉はとてもスマートですが、薄っぺらく聞こえます」

俺が当たり障りのない言い方をしたせいか、彼が冷ややかな声で皮肉を言う。心がこもってないと言いたいのだ。

話のテクニックで彼を懐柔するのは無理か。まあいい。もう葵の祖父に婚約の了解は得ている。彼が反対したところで婚約を解消することはない。

「それは残念です」

もし俺が葵の父親の闘病のことを知っていたら、どうしていただろう。

友人として彼女を支えただろうか。

ちょっと肩をすくめてみせると、葵が学を伴って戻ってきた。

「京介？　なにかあったの？」

緊迫した空気を感じたのか葵が俺に目を向けたので、何食わぬ顔で小さく頭を振った。

「なにもないよ」

「京介さん、ちょっと」

葵の横にいた学が、俺の腕を掴んでエレベーターホールの脇に連れていき、声を潜める。

「僕の祖父にまで挨拶して、本当にいいんですか？　もうすぐには婚約解消なんかできませんよ」

「問題ないよ。どうせずっと独身でいる予定だったから。学だってどこの馬の骨ともわからない奴と姉を結婚させたくないだろう？」

「それはそうですが……」

まだ俺と葵の婚約に難色を示している学に約束する。

「大丈夫。学の代わりに俺が葵を守るから」

「……いつまで姉と婚約を続ける気なんですか？」

「葵に好きな人ができるまでだよ」

俺の返答を聞いて、学が大きく目を見開いた。

「え？」

「心配するな。俺から解消することはない。あっ、そろそろ飛行機の時間があるから」

ポンと学の肩を叩くと、葵を呼んだ。

「葵、もう行こう」

「あっ、はい」

葵が返事をして俺のもとにやって来ると、エレベーターに乗り、学に軽く手を振った。

「とりあえず葵のおじいさんへの挨拶が無事に終わってホッとしたよ」

エレベーターの中でそんな話をしたら、葵がクスッと笑う。

「まるで緊張してたような言い方ね。終始如才ない笑みを浮かべていたくせに」

「演技だよ。俺が名優なのは知ってるだろ？」

決め顔で冗談を口にすれば、葵が適当に「はいはい」と相槌を打つ。

会社のビルを出ると、正面玄関の前にうちの社用車が停まっていた。助手席にいた春斗が降りてきて、後部座席のドアを開けた。

「京介、無事に挨拶終わった？」

「ああ。まあ、嫌みは言われたけど」

これで葵の義母も彼女に勝手に手出しはできないだろう。

「うちの社長に挨拶は？」

『うちの社長』というのは、俺の親父のこと。春斗がつっこんで聞いてきて、淡々と答える。

「必要ない。メールで葵と婚約したって知らせておいたから」

「メッセージじゃなくてメールって、業務報告？」

苦笑いする春斗に、平然と言い放つ。

「うちはそれが当たり前だ」

「……どこの家もなにかしらあるのね」

神妙な顔をしている葵の背中をトンと押した。

「葵、うちの心配はいいから、ほら乗って。早く空港に向かわないと」

車に乗り羽田《はねだ》空港へ向かうと、春斗も連れ、飛行機に乗って長崎へ――。

「私、実は長崎初めてなの」

長崎空港に降り立った葵が少し目を輝かせながらそんな話をしたので、予定を変更することにした。

「だったら観光しよう。まだ時間あるから」

俺たちの話を聞いて、春斗が気を利かせる。

「じゃあ、俺は荷物をホテルに運んで、先にばあさんのところに行ってるよ。楽しんできて」

「サンキュ。葵、行くよ」

顔をニヤニヤさせている春斗に微笑むと、葵の手を握り、タクシーで長崎市内にあるショッピングモールに立ち寄った。

「ねえ、観光するんじゃないの？」

怪訝な顔をして尋ねる葵の足元に目を向け、優しく指摘する。

「その靴で観光は無理だから」

彼女が履いてるのは、ちょっとした階段を上るのもキツそうな高いピンヒール。

この靴ではすぐに足を痛めてしまう。

それに俺も彼女もスーツなので、ラフな服と靴を買って着替えてから、路面電車の駅へ向かった。

「てっきりタクシー移動かと思ったわ」

「タクシーがよかった？」

彼女が路面電車を見て少々驚いているので、楽な移動の方がよかったのかと思ったら違った。

「ううん、最高よ。路面電車乗ってみたかったの」

冒険をする子供のように瞳を輝かせる葵を見て、なんだか嬉しくなる。

「それはよかった」

俺はアメリカでそれなりに羽目を外していたのだが、彼女は藤宮家の人間だから、あまり自由に外を出歩くことができなかったのだろう。

「普段電車に乗らないから新鮮」

電車に乗って席に座ると、物珍しそうに葵が車窓の景色を眺めた。いつもおしとやかなイメージの葵がはしゃいでいる。俺もこんな彼女を見るのが新鮮だった。

大浦天主堂《おおうらてんしゅどう》、グラバー園《えん》、出島《でじま》、眼鏡橋《めがねばし》……など有名観光スポットを回り、最後に訪れたのは風頭山《かざがしらやま》にある坂本龍馬《さかもとりょうま》像。

急な坂道や石段を上ってきたので、葵が息切れしていた。

「長崎って……坂が多すぎじゃない？」

「まあ確かに多いかな。だが、これくらいで息を乱すなんて、普段から運動不足なんじゃないか？」

興奮しすぎたせいか、彼女は目的地が見えてくると本当に子供のように突っ走るので、かなり疲弊していた。だが、学生時代ならここまで疲れることはなかっただろう。

「それは否定できないわ。足がガクガクする」

彼女は苦笑いしながらそう答えて、胸に手を当てて息を整える。

「帰りは俺がおぶろうか？　おばあちゃん？」

ニヤリとしてからかったら、葵に背中をパシッと叩かれた。

「もう、おばあちゃんじゃないわよ！」

「そうだっけ？」

「そうです。眼鏡橋のメガネかけた方がいいんじゃない？」

葵が冗談を言ってきたので、クスクス笑う。

「あれは大きすぎてかけられないな」

「レンズも入ってないものね。それにしても……」

葵が茶目っ気たっぷりに言うと、言葉を切って目の前に広がる景色を見つめた。

女神大橋《めがみおおはし》や長崎港が一望できる人気スポットだ。

「綺麗な景色ね。風も気持ちいい」

心地よい風が吹いて、葵が長い髪をかき上げる。その姿がなんとも綺麗だった。

「頑張ったご褒美かな。ずっとこの景色を眺めている龍馬が羨ましいな。ほら水分補給」

チラリと龍馬像を見やると、途中の自販機で買ったスポーツ飲料の蓋を開けて葵に手渡す。

「ありがと」

葵が飲んだペットボトルを横からひょいと奪い、俺もゴクゴクと喉を潤したら、彼女の視線を感じた。

「もっと飲みたい？」

ペットボトルを差し出すが、彼女は受け取ろうとしない。

「ち、違う。……か、間接キス」

顔を赤らめてチラチラ俺を見る彼女の言葉に、一瞬キョトンとする。

……間接キス？

特になにも意識してなかったので驚いた。

葵って……本当にウブなんだな。考えてみたら、彼女に彼氏がいるという話は聞いたことがない。父親の介護をずっとしていたのだから、恋人を作る暇などなかったのだろう。

「本物のキスをしたのになにを言ってるんだか。忘れたならもう一度しようか？」

葵に顔を近づけたら、彼女が俺の口に手を当ててあたふたする。

「け、結構です。覚えてるから」

「遠慮しなくていいのに」

フッと笑うと、彼女がムキになって拒絶する。

「遠慮なんかしてません！」

これ以上からかうと葵の機嫌を損ねると思ったので、彼女の手を口から剥《は》がして大人しく引いた。

「それは残念」

「そういうの、誰にでも言ってるでしょう？　不実なのはダメよ」

「今までみんなに優しくしてたけど、今後は葵だけにする」

頬を赤く染めながら俺に説教をする葵ににこりと笑って約束するが、彼女は疑いの眼差しを向けてくる。

「言ってすぐに忘れそうだわ」

「信用ないな。そういう葵こそ、男に思わせぶりな態度取ってるだろ？」

今みたいに俺の前で頬をよく赤らめたり、恋人でもない片桐に肩とか触らせたりしている。

「え？　え？　私が？　いつ？」

声をあげて驚く葵を見て、ちょっと呆れた。

この無自覚……。

心の中でボソッと文句を言って、彼女の頭をポンと叩く。

「なんでもない。さあ、そろそろばあさんの家に行こう」

「今度は下るのね」

行きの道のりを思い出してちょっと青ざめた顔をする葵を連れて石段を下りていると、彼女が「キャッ！」と声をあげて転びそうになった。

「危ない！」

叫ぶと同時に彼女の手を掴み、自分の胸に引き寄せる。

ホント、ヒヤッとした。長々と続く石段を転げ落ちたのではただではすまない。

「あ、ありがと」

葵もちょっとビックリした顔で礼を言って俺から離れたけど、彼女の手は放さなかった。

「……京介、手」

葵が困惑しながら手を放すよう言うが、小さく頭を振り、指を絡めてしっかりと握り直す。

「ダメだ。放したらまた転ける。それとも俺に背負われる方がいいか？」

「……手でいいわ」

渋々といった様子で返すけど、その顔は赤い。

石段を下りると、大きな通りでタクシーを拾って祖母の家に向かう。

車窓の景色を眺めていた葵が、不意に俺の方を見て尋ねる。

「ねえ、浴衣の人がちらほら見えるけど」

「ああ。神社でお祭りがあるんだ。祭りといえば、小さい頃ばあさんに連れていってもらって、戦隊モノのお面を買ってもらった記憶がある」

お祭りなんて最近見てもいなかったので、懐かしさを感じた。

「お面をつけた京介見てみたかったわ」

俺の言葉を聞いて葵がクスッと笑うと、祖母の家が見えてきた。

六十年以上前に建てられた二階建ての洋館。俺にとっての実家はここだ。

タクシーを降りて玄関のインターホンを鳴らすと、五十代くらいの女性が笑顔で俺たちを出迎えた。

「京介さん、おかえりなさい。まあ、春斗さんが言うように本当にお綺麗な方ですね。春斗さんはリビングで奥さまと談笑していますよ」

彼女は俺が祖母の家に住んでいた時からずっと住み込みで働いてくれている家政婦さんで、よく俺の面倒を見てくれた。

「葵、彼女は家政婦の妙子《たえこ》さん。俺は小さい頃、彼女の料理を食べて育ったんだ」

俺が葵に妙子さんを紹介すると、彼女がにこやかに挨拶する。

「藤宮葵です。突然お邪魔してしまってすみません」

「とんでもない。奥さまもお待ちですから」

妙子さんに言われ、玄関を上がりリビングへ葵と向かうと、ソファで祖母が春斗と紅茶を飲んでいた。

今年八十歳になる祖母は綺麗な白髪で、とても品がある。だが、やはり記憶にある祖母より小さくなった気がした。末期ガンで自宅療養中なのだ。

礼儀作法は全部彼女に教わった。女性には優しく接しているのも祖母の教え。

「ほら、京介自慢の婚約者が来たよ」

春斗が俺と葵を見て、ニヤリとする。

「おばあさん、久しぶり。婚約者を連れてきたよ」

緊張しているのかちょっと硬くなっている葵の肩を抱いて挨拶すると、祖母が嬉しそうに頬を緩めた。

「まあまあ本当に美しい人だこと」

「藤宮葵です。お会いできて嬉しいです」

葵も社交辞令ではなく、心から言っているのだろう。

スッと祖母のもとへ行き、優しく手を握る。その様子を見て、葵らしいと思った。

「来てくれて嬉しいわ。京介が突然婚約したって言うからどんな女性かと思っていたけど、想像以上よ」

「そう言ってくださると嬉しいです」

柔らかな笑みを浮かべる葵に、祖母が悪戯っぽく目を光らせる。

「京介と並ぶと本当にお似合いだわ。京介になにかされたら私に言ってね」

「ひどいな。俺は女性には優しいんですよ」

俺がソフトに抗議すると、春斗がつっこんできた。

「京介は八方美人で、誰にでも優しいよね」

「確かに。誰にでも優しいわ」

春斗の言葉に葵が大きく頷くのを見て、祖母がフフッと笑う。

「みんな仲がいいのね」

しばらく雑談し、「そろそろお暇《いとま》するよ」と俺が告げると、祖母がにこやかに言う。

「今日は来てくれてありがとう。京介の幸せそうな顔を見れて嬉しかったわ。葵さん、京介をよろしくね」

「……はい。私もお会いできてよかったです」

偽の婚約者という立場もあってか葵は少し複雑な表情をしつつも、小さく微笑して別れの挨拶をする。

そんな彼女の姿を見て、少し胸が痛んだ。

祖母を騙してつらいだろうな。

葵を慰めるようにその手を握ったら、祖母が思い出したようにパチンと手を叩いた。

「あっ、そうそう、今日はお祭りがあるの。花火も上がるし、浴衣を用意したから楽しんでらっしゃいな」

「ありがとう。そうさせてもらいます」

葵が遠慮するといけないのですぐに返事をすると、妙子さんに浴衣のある部屋に案内された。

俺と春斗は同じ部屋で着替えたが、葵は別室だった。俺は紺で、春斗は焦げ茶色の浴衣。

「京介、色っぽい。なんか惚《ほ》れそう」

春斗がジーッと俺を見つめてくるものだから、顔をしかめた。

「気持ち悪いこと言うなよ」

「マジで男女問わず虜《とりこ》にしそう。ホント罪な男だねえ」

俺の背中をバシバシ叩いてからかってくるので、鋭く睨んで黙らせた。

「うるさいよ。さぁて、葵も準備できたかな？」

部屋を出ようとしたら、ノックの音がした。

「葵さんの準備ができましたよ。京介さんたちはどうですか？」

妙子さんが確認してきて、すぐに返事をする。

「ああ、こっちも着替えたよ」

部屋のドアを開けると、浴衣に着替えた葵がいてハッとした。

白地にブルーの丸菊が描かれた浴衣で、夏らしく涼しげ。なのにこの色香はなんだ？

弓道部だったから袴姿は見慣れていたが、同じ和装でもまったく違って見えた。

色っぽいという言葉は、目の前にいる葵に使うべきだろう。彼女から目が離せない。

「葵さん、絶対ひとりで出歩いちゃダメだよ」

葵を見て真剣な顔で春斗が注意をしたので、俺も同意した。

「確かに。これは一瞬たりとも目が離せないな」

すぐにナンパされそう。

ジーッと彼女を見据えていると、無性に喉が渇いた。

魔法のような一夜

「葵さん、絶対ひとりで出歩いちゃダメだよ」

ずっと京介に見惚れていたものだから、春斗さんの声が聞こえてハッとした。

今日は祖父に婚約の挨拶をした後、京介のおばあさまに会いに長崎に来たのだけれど、私が長崎が初めてということもあって思いがけず観光することになった。

歴史と文化を肌で感じる風光明媚な土地。美しい建物も綺麗な景色も、すべてが色鮮やかに私の目に飛び込んでくる。

それはきっと京介が一緒だったから。

京介は普段となにも変わらなかったのに、私は彼と一緒に長崎を観光できるのが嬉しくて、子供のようにはしゃいでしまった。

観光の後は彼のおばあさまに婚約の報告をして、お祭りにも行くことになったのだけど……。

浴衣姿の京介が素敵すぎて、うっとりしてしまう。

普通に白いシャツにジーンズでも格好いいのに、浴衣はまた違った趣きがある。なんというか、男の色香を感じさせるのだ。

「確かに。これは一瞬たりとも目が離せないな」

京介が顎に手をやりながら春斗さんの言葉に頷いてじっと私を見ていたものだから、急にパニックになった。

「え？　どこか変？」

人に心配されるくらい見苦しいのだろうか。

不安になって自分の浴衣をチェックすると、京介がちょっと溜め息交じりの声で衝撃的な言葉を口にする。

「違う。あまりに綺麗だからひとりにはできないってこと」

う……そ。今……綺麗って言った？

私が固まっている間に、京介とふたりでお祭りに行く話になっていて……。

「京介は葵さん連れて楽しんできなよ。俺はばあちゃんとここでのんびり花火を見るから」

「わかった。行こう、葵」

春斗さんの言葉に頷いて、京介が私の手を握る。

彼とふたりでおばあさまの家の運転手付きの車に乗るが、頭の中はまだ混乱していた。

綺麗って本当に言った？　だとしたら、嬉しくて顔がニヤけてしまいそう。

神社の近くで車を降りて少し歩くと、私がなにも喋《しゃべ》らないのを変に思ったのか、京介が突然立ち止まった。

「どうした？」

心に余裕のない状態の時にそんな質問をされたものだから、なにも考えずに答えてしまう。

「だって不意打ちで京介が私を綺麗って言うんだもの……」

言ってても顔が火照ってきて、自分ではどうにもできなかった。

「綺麗なんて言われ慣れてるだろ？」

私の発言に驚いている彼をじっとりと見て、強く言い返した。

「京介に言われたことはなかったわ」

肌を綺麗だと褒めてくれたことはあったけど、あれは美人という意味ではないのでノーカウントだ。

他の女の子には挨拶のように軽く言ってたのに、私のことは絶対に褒めてくれなかったから、どうしても恨みがましい口調になってしまう。

「そうだっけ？」

京介がちょっと困惑した顔で私に確認してきたので、プイと彼から視線を逸らす。

「そうよ。ビックリした」

もう顔が熱い。

言うなら言うって知らせてくれないと、こっちだって心の準備ができないのよ。

火照った顔の熱を覚まそうと手であおいでいると、京介の視線を感じた。

「綺麗だよ」

ストレートに言われて、胸がトクンと高鳴る。

今度は聞き間違えようがない。あ〜、なんだか照れくさいわ。

この空気、どうしたらいいの？

「……ありがと。京介も浴衣似合ってるわ」

恥ずかしくてボソッと返すと、彼がフッと微笑した。

「それはどうも」

どこか楽しげな顔。

もう悔しいくらいハンサムで、どうしようもないくらい好き。

そんな彼と今日は長崎市内を観光して……。

あ～、待って、待って。あれってよくよく考えてみるとデートじゃないの？

いや、そもそもデートの定義ってなに？

スマホを出してこっそりネットで調べようとしたら、京介が声をあげた。

「おっ、お面売ってる」

神社に着くと、鳥居のそばにお面を売っている露店があった。

戦隊モノやアニメのキャラクター、それにキツネのお面もある。

京介が戦隊モノのお面を手に取って顔につけたので、クスッと笑って持っていたスマホですかさず写真を撮った。

「さすがにもう似合わないわね。中二病の残念なお兄さんに見えるわ」

お面を被ってる京介がなんだかかわいい。

こんな彼はお祭りでしか見られない。今日はなんてラッキーなのかしら。

私の感想を聞いて、彼が今度はキツネのお面を手に取った。

「だったらこれは？」

すぐにキツネのお面をつけて、似合うか確認してくる。

浴衣と合うし、どこか幻想的な感じがする。

「あっ、すごくいい」

つい早紀とはしゃいでいる気分になって、また京介をスマホのカメラでパシャリと撮ると、彼が私の顔にキツネのお面を被せてきた。

「葵が被ったらどうなるかな？」

「あっ、ちょっと待って」

急に視野が狭くなって、彼のクスクスという笑い声が耳をくすぐる。

「なんか昔話に出てきそうだな。怪談系の」

その残念なコメントに、思わず膨れっ面になる。

「怪談系って失礼ね」

京介の腕をバシバシ叩いたら、彼は「痛てて」と少し顔をしかめたけど、すぐにニコッとした。

「せっかくだからこのお面買おう。葵も褒めてくれたし」

京介がお面を買って、少しずらして顔につけたのだが、その姿がなんとも決まっている。

「衣装の一部ね。雑誌の表紙になりそう」

「今日はやけに褒めるじゃないか」

意外そうな顔をする彼に、照れ隠しに悪戯っぽく笑っておねだりした。

「褒めたら屋台でりんご飴買ってくれるかと思って」

「店ごと買ってもいいけど」

京介が言うと冗談に聞こえなくて、軽く注意した。

「興醒めなこと言わないで」

「はいはい」

楽しそうに笑う彼を見ていると、なんだか学生時代に戻ったような気がしてホッとする。

「葵、射的あるけど、勝負しないか?」

京介がすぐ先にある射的屋を見て誘ってきたので、笑顔で応じた。

「久々の勝負ね。受けて立つわ」

京介が代金を払ってくれて、銃にコルクを詰める。

「葵が先でいいよ」と京介に言われて、最初に目をつけた白クマのマスコットに狙いを定めるが、かすりもしない。

「弓道と違って難しい」

うなる私を見て、彼は「そう?」と言いながら銃を構える。

その姿が様になっていて、胸がキュンとなった。

もうどうしてこの人は、なにをやってもカッコいいのだろう。

狙った的に弾がかするのを見て、「もうちょい右上かな」と真剣な顔で呟いている。

そんな姿をずっと眺めていたかった。

「ほら、次、葵の番。どこを狙っているんだ？」

「あのクマのマスコット」

白クマのマスコットを指差すと、彼が私に顔を寄せてきてドキッとする。

「ああ、ちょっと高いところにあって難易度高いな。中心は狙わない方がいい。当たっても落ちないから」

京介にアドバイスされて撃つと、少しだけかすった。

「その調子。じゃあ、次は俺」

再び京介が構えて的に当てるが、揺れただけで落ちない。

「ふむ、なかなか手強いな」

「ホントね。なんとか取りたい」

最後の弾はちょっとクマの手にかすって動いただけ。

「あ～、ダメだった」

がっかりする私の肩をドンマイと言わんばかりに京介がポンと叩く。

「惜しかったな。まあ俺に任せろよ」

京介が銃を構え、標的を狙い撃つ。

コトッと落ちたのは、私が狙っていたマスコットだった。

店主が「兄ちゃんすごいね」と褒めながら、それを京介に手渡す。

「ほら、戦利品」

「え？　いいの？」

京介が受け取ったマスコットを差し出してきたものだから驚いた。

「欲しかったんだろ？」

「……ありがとう」

はにかみながら礼を言うと、急に京介がお腹に手を当てた。

「腹が減ったな。葵はなにが食べたい？」

「たこ焼き」

恋人同士でたこ焼きを食べる。それは学生時代私がずっと妄想していたシチュエーション。

即答すると、京介が「たこ焼きね」と言いながら私の手を握り、向かい側にあるたこ焼き屋の露店へ連れていく。

たこ焼きをひとつ買うと、京介が「ほら、あーん」と私に口を開けるように要求した。

「あーん？」

条件反射で口を開けたら、彼にたこ焼きを口の中に入れられた。

「熱いっ!?　……でも……おいひい」

私が口元を隠しながら咀嚼《そしゃく》すると、京介もたこ焼きを口にし、ニコッとする。

「熱《あつ》……あっ、うまい」

笑う京介が素敵で、私の頬も自然と緩む。

これよ、これ。なんだか青春っぽいわ。

たこ焼きの後は金魚掬いをして、それから念願のりんご飴を京介が買ってくれた。

「ありがとう。りんご飴憧れてたの」

「憧れてたって……、食べるの初めてなのか？」

「お祭りも初めてよ」

父は仕事人間だったし、義母には嫌われていたからお祭りに連れていってもらえなかった。

「ああ、だからはしゃいでたのか」

はしゃいでたとしたら、京介がいたからだ。

「そうよ」と返しながらりんご飴をパクッと口にすると、果肉がとてもジューシーで、甘酸っぱい果汁が口いっぱいに広がった。

「美味しい」

クスッと笑うと、京介が突然私の手を掴み、りんご飴にかじりついた。

彼の髪が私の頬に触れるし、ちょっと男らしいその仕草に胸がドキッとする。

「なるほど。こういう味か」

「もう。いきなりかじるからビックリした」

胸がドキドキするのを感じながら文句を言うと、彼がニヤリとして弄ってくる。

「つっこむのはそこなんだ？　俺はまた間接キスとか言うのかと思った」

「い、言わないわ。またからかう気でしょう？」

激しく動揺する私を見て、彼が小さく笑う。

「かわいかったのに」

「え？　かわいかった？」

また彼から聞けなかったワードが出てきて、フリーズする。

「いつもみんなの前では冷静なのに、間接キスで大騒ぎするギャップがなんともいえない」

「も、もうそれ以上言わないで」

耳を塞《ふさ》いで抗議したら、ドンと花火が上がった。

「おっ、花火が始まったか」

京介が腕を組んで空を見上げる。でも、私は空ではなく京介の横顔を見ていた。

「綺麗……」

花火より京介。私にとっては夜の空を彩る花火も、彼の引き立て役に思える。

人が増えてきて京介とはぐれそうになったが、彼がしっかりと私の手を握ってきた。

「葵、こっち」

彼が人気《ひとけ》がない場所に連れ出してくれて、ハーッと息を吐いた。

「お祭りってすごいわね」

「葵がひとりだったら踏み潰されてるかもしれない。いや、悪い男に絡まれていたかもしれないな」

「私、絡まれたことなんてないわよ」

「……頼むから自分が綺麗だって自覚してくれ」

いつだって余裕綽々《しゃくしゃく》としている京介が切羽詰まった表情でそう告げ、顔を近づけてきたかと思ったら、そのまま唇を奪われた。

いったいなにが起こっているの？

ビックリして目を見開いていると、彼が今度は優しく唇を重ねてくる。

初めてのキスとはまた違う。

なんというか気持ちがこもっているように感じられた。

私を女として見てくれたの？

誰かに見られたら……とか全然考えなかった。京介以外のすべての存在を感じなくなっていたのだ。

もう彼しか見えない。

気づいたら京介のキスに応えていて、花火の音も遠くに聞こえた。

「……葵」

彼が私を抱き寄せ、ついばむようにキスをしてきて、恍惚となる。

なんだか身体が熱い――。

どれだけキスをしていたのだろう。

彼はちょっと名残り惜しそうに唇を離し、私の唇を指でゆっくりとなぞった。

「今は誰にも見せたくないって思う」

「……うん」

なにに対する返事か自分でもわからなかったけど、それしか言葉が出てこなかった。

なんだかもう夢を見ているみたいで、頭がふわふわする。

しばらく花火を見ていたら、急に雨が降り出した。

「うわっ、結構降ってきたな」

京介が私の手を引いて、店の軒先で雨宿りする。

どしゃ降りの雨だったが、少しやんでくると、彼がスマホで天気情報をチェックしながら言う。

「今ならそんな大降りにならない。この人混みだとタクシーは拾えないだろうから、予約したホテルまで歩こう。足、大丈夫か？」

「ええ。平気よ」

ニコッと微笑んでみせたら、京介が私の手を再び握って歩きだした。

いつもなら穏やかに話しかけてくる彼が黙ったまま。私もまだ頭がボーッとしていたし、話をするような空気じゃなかった。

ホテルのエントランスに着くと、彼がなぜか私の肩を抱いてくる。

「京介？」

問いかけるように名前を呼ぶと、彼が私の耳元に顔を寄せた。

「下着が透けてる」

その言葉を聞いて、瞬時に青ざめた。

他の人に見えないように隠してくれているのだろう。

京介がホテルのスタッフとやり取りして豪華なスイートルームに案内されると、彼が私から離れた。

「早くシャワー浴びた方がいい。着替えもあるし」

春斗さんが手配してくれたようで、部屋には私と彼の荷物が置いてあった。

「京介は？」

先に浴びるのは悪いと思ったのだけど、彼は私を安心させるように微笑んだ。

「大丈夫。バスルームふたつあるみたいだから」

彼の言葉にホッとして近くにあったバスルームへ行きシャワーを浴びるが、脳内ではキャーキャー叫んでいた。

京介が私にキスした。お祭りのムードもあったのかもしれない。

身体はまだ火照っていて、おかしくなりそうだ。

シャワーを終え、バスローブを着て髪を乾かすけど、まだ心は乱れたまま。

どんな顔をして彼と接していいかわからない。

ずっとバスルームに籠《こも》っているわけにもいかず、とりあえずリビングに行くと、もうシャワーを浴び終えた京介が夜景を眺めていた。

ただいるだけで絵になる男。

彼のバスローブ姿が色っぽくて、なんだか正視できない。

「なにか飲む？」

私の気配に気づいた京介に声をかけられ、少し動揺しながら答える。

「あっ、うん。その水でいいわ」

すごく喉が渇いていて京介が手に持っていた水を指差すと、彼が私に「はい」と言って手渡す。

てっきりまた間接キスとか言ってからかってくるかと思ったが、そんなムードではなかった。

「……ありがと」

礼を言って水を口に運ぶけど、ずっと彼に見つめられていて心臓がドッドドッドッと大きな音を立て始める。それに、なんだか息苦しい。

なにを話していいかわからなかった。空気までもが張り詰めている気がする。

この緊迫した雰囲気をなんとかしようと思うが、気の利いた言葉がまったく浮かばない。それで、早紀に相談しようとして、スマホをバスルームに忘れてきたことに気づいた。

「ちょっとスマホを取ってく――」

「今はいらない」

京介がバスルームへ行こうとした私を抱き寄せ、いきなり唇を奪った。

性急なキス――。

「んん…。京介?」

ハッと驚きながら京介を見つめると、彼は私の頬を両手で挟んでどこか苦しそうな顔で告げる。

「葵が欲しい」

ストレートに言葉にされ戸惑っていたら、彼が私を真っ直ぐに見つめてきた。

いくら恋愛に疎い私でも、熱を帯びたその目から彼が私を心から欲しているのがわかる。

「嫌なら拒んでくれ」

彼は私に逃げ道を用意してくれている。

そう。一方的に抱かれるわけじゃない。彼と抱き合うかどうかは私の選択次第。

いつもの自分だったら、心の準備ができていないからと逃げていたかもしれない。

彼だって無理強いはしないだろう。そこは信頼している。

でも、今ここで拒んだら、彼に抱かれることは二度とないと思った。

本当に婚約しているわけではないし、いつ解消してもおかしくない関係。それに、
彼は私のことは好きではない。

だけど、ずっと好きだった男性にこんなに求められているのだ。答えは親友に聞くまでもない。

「抱いて」

恥ずかしいからと拒んで後悔はしたくなかった。

思いを言葉にすると、京介が私を抱き上げて寝室のベッドに運んだ。彼もベッドに上がってきて、これからのことを考えて身体が緊張してくる。

「私……スタイルよくないの」

細身だし、胸はBカップで運動には適しているけど、男の人からすれば残念な体型かもしれない。

「充分いいよ」

京介がバスローブの紐を外そうとしてきて、急に不安になる。

「それに初めてで……」

「見てればわかる」

口早に言って彼がバスローブの紐を外したので、咄嗟に胸元に手をやった。

「あの……下着をチェックしていい？」

今自分がどんな下着をつけているかもはっきり覚えていない。彼に抱かれるなら、かわいい下着を身につけていたかった。

「そんなのいいから黙って」

私の唇を奪いながら京介がバスローブを脱がしていく。

多分キスをされなかったら、またなにか不安を口にしていただろう。

私を落ち着かせるように、彼が私の下唇を甘噛みしてくる。

ちょっとパニック状態だったが、彼のキスで余計なことは考えられなくなった。

……身体が蕩《とろ》けそう。

キスってただ唇を重ねるだけかと思っていた。

でも、実際は彼の唇の熱、首にかかる彼の吐息を全身で感じる。

京介はキスを続けながら私の背中に手を回し、ブラのホックを外した。胸を覆っていた下着を外され、どこか夢心地だった頭が急に正気に戻る。

「ま、待って」

胸が露わになり、あたふたしながら手で隠そうとしたら、両手を掴まれた。

「待てない」

京介が胸の先端をペロリと舐《な》めるので、「あっ」と声が出た。

む、胸を舐められた⁉

抱かれるってこういうこと？　こんなに親密なの？

衝撃を受けていたら、今度は彼がもう片方の胸を揉《も》みしだく。

「あん……」と淫《みだ》らな声が出て、自分でも驚いた。

「その声、そそる」

色気ダダ漏れの声で囁いて、京介は私の胸をゆっくりと舐め上げる。

生温かいと感じていたら、彼が突然私の胸をパクッと口に含んで吸い上げてきて、激しく喘《あえ》いだ。

「ああん……」

自分のものとは思えない艶《なまめ》かしい声。甘い痺《しび》れに襲われ、腰が浮く。

初めて知る快感。恥ずかしいはずなのに、とってもいやらしい気分になってきた。

藤宮家の令嬢としてずっと自分を律して生きてきた。それはある意味鎧《よろい》で武装するようなもの。その鎧を京介は一枚一枚ゆっくりと剥がしていく。

彼は自分のバスローブを脱ぐと、我が物顔で私の胸を鷲掴《わしづか》みにしてその感触を楽しみ、胸の尖《とが》りを舐め回す。

胸だけかと思ったら、彼の頭が下に移動してきて私のおへそを舐めた。

「あっ……」と反射的に声が出る。驚きの連続だ。

クチュッとなんとも淫靡《いんび》な水音が部屋に響いたかと思ったら、彼が私の太ももを撫で回してきた。

これからどうなってしまうのか、予想がつかない。

考える間もなく、京介が焦らすようにへその周りをゆっくりと舐めながら下着を脱がしていく。

「京介……」

恥ずかしくて上体を起こしたら、彼に止められた。

「大丈夫だから、俺を信じて」

「でも……」

「脱がないと抱けないだろ？」

それはそうなのだが、誰にも見せたことのない場所を彼に見られるのは抵抗がある。

ギュッと拳を握り、みんなやっていることなのだと自分を納得させる。

「俺が怖い？」

京介が優しく問いかけてきて、小さく頭を振った。

「ううん、恥ずかしいだけ」

「そのうち恥ずかしくなくなるよ」

甘い声で言って彼はチュッと私の唇にキスをすると、下着をスッと取り去り、秘部にそっと触れてきた。

「濡れてる。初めてでもちゃんと感じてるんだな」

その言葉に反応できないくらい固まっていると、彼が再び私にキスをしてきた。

角度を変えて啄《ついば》むようにキスをしたかと思ったら、彼の舌が私の口の中に入ってきて口内を探る。

キスに気がそれている間も彼は私の秘部を指で愛撫《あいぶ》してきて、もうなにがなんだかわからなかった。

身体の奥が疼《うず》いて京介に身体を押しつけたら、彼が楽しげに笑う。

「俺が欲しくてしょうがないって顔してる」

「……言わないで」

少し掠《かす》れた声で抗議すると、彼が意地悪く目を光らせた。

「俺が欲しいって言ってごらん」

彼は絶対にドSに違いない。

でも、ここでやめられるわけにはいかない。私だって彼が欲しいのだ。

「京介が……欲しい」

その言葉は、私にとっては好きと同義だった。

「よくできました」

セクシーに笑って彼は自分の下着を脱ぐと、避妊具をつけて少しずつ私の中に入ってきた。だが、すんなり受け入れられず、今まで経験したことのない痛みに苦しむ。

ギュッと京介の腕を掴んで耐えていたら、彼が「力抜いて」と声をかけてくる。

「うん」と返事をしたものの力んでしまうが、彼がうまくリードしてくれて、ようやくひとつになれた。

なんだか嬉しくて、涙が込み上げてくる。

ずっと彼に抱かれることはないと思っていた。彼以外の男性との結婚だって考えた。

「葵？　痛かったよな」

京介が私の頬の涙を唇で優しく拭う。

「違うの。初めてが京介でよかったって思ったの」

「過去形にしないでくれる？　まだこれで終わりじゃないから」

彼がニヤリとしたと思ったら、腰を打ち付けてきた。

「え？　あっ……ああん」

天を仰ぎながら声をあげる私を、彼がしっかりと抱きしめる。

今まで知らなかった快感が押し寄せ、激しく乱れた。

肌を重ねることで、自分が彼の一部になったような感じがする。でも、もっと彼に近づきたい。

両腕を彼の首に巻き付け、上体を反らす。

お互い昇り詰めて最高潮に達すると、脱力して京介にもたれかかった。

「葵ってホントかわいいな」

意識が朦朧としている私に、彼が甘い言葉をかけてくる。

ひょっとしたらこれは夢なのでは……と思えてきた。

私を抱いたまま彼はベッドに寝転び、髪を優しく梳《す》いてくれる。

それがとても心地よくて、そのまま眠りに落ちていった。

「……ああ、一時間後ね。わかった」

京介の声が聞こえて、パチッと目が覚めた。

ここは……ホテルのベッド。私……彼としちゃったんだ。

あ～、どんな顔をして京介と顔を合わせたらいいの？

「ん？　葵、起きた？」

電話を終わらせた彼が私の顔を覗き込んできたので、慌てて挨拶する。

「お、おはよう。あの……仕事の電話？」

「いや、春斗から。一時間後に迎えに行くから準備しとけって。おはよう」

彼が顔を近づけてキスをしてくる。その恋人のような振る舞いに、思考が停止した。

とっても甘くて、まるで少女漫画の世界のよう。

「葵もシャワー浴びるなら、そろそろ起きた方がいい」

「あっ……うん」

ベッドを出る京介の言葉にボーッとした頭で頷いて上体を起こすが、自分が裸なのに気づいてあたふたした。

私のバスローブどこ？

胸を布団で隠しながらキョロキョロと辺りを見回していたら、いつの間にか下着をを身につけた京介が床に落ちていたバスローブを手に取って私に見せた。

「これ探してる？」

「ありがと」

手を差し出すが、彼はなかなか渡してくれない。

「あの……京介？」

「俺としては着てない方が嬉しいけど」

甘い微笑を浮かべてそんな軽口を叩くと、彼はバスローブを私に手渡し、寝室を出ていく。

「恥ずかしすぎるわよ」

ボソッと文句を言ってバスローブを羽織ると、昨日も使ったバスルームへ。

もうひとつのバスルームは、京介が使用していた。

シャワーを浴びるが、昨夜無理したせいか下腹部が痛いし、観光をして脚も筋肉痛で立っているのがつらい。

でも、彼に抱かれて新しい自分に生まれ変わった感じがする。

シャワーを浴び終え、バスルームで髪を乾かしていると、京介がやって来た。

「顔色はよさそうだな」

私の体調を気にして様子を見に来たのだろう。

隣に立って歯を磨き出す彼を見て、キョトンとする。

「京介が歯を磨いてる」

歯磨きしている彼が新鮮でまじまじと見ていると、怪訝な顔をされた。

「は？　俺をどんな不潔男だと思ってる？」

「だって初めて見るから」

珍しいものを見たという私の反応に彼が苦笑する。

「このくらいのことで驚くなよ。ヒゲだって剃るし」

「え？　ヒゲ生えるの？」

そういえば、うっすらヒゲが伸びているような。

「なんか……不安になってきた。俺がリアルな男だってこと忘れるなよ」

京介が自分のヒゲを私の頬に押し付けたので、「キャーッ」と声をあげたら、彼がククッと笑った。

「葵、おもしろすぎ」

演技のはずが本気になる　―　京介 side

ので、平然と返す。

「すごくお疲れのようじゃない？　帰るの明日にしてもよかったんだけど」

俺の真後ろの席にいる春斗が俺に寄りかかって眠っている葵を見てからかってきた
「別に一緒に住んでるわけだし、必要ない」

俺と葵と春斗の三人は、東京《とうきょう》行きの飛行機に乗っていた。

あまり眠れなかったせいか、葵は搭乗して間もなく寝てしまったのだが、その寝顔を見ているとなんだかほっこりする。

昨夜は浴衣を着た葵があまりにも色っぽくて、彼女を欲してしまった。他の男に見せたくなかったんだ。自分だけのものにしたい独占欲に駆られ、彼女を抱いた。

そんな衝動は初めてで、自分でも驚いている。

いつだって自分をコントロールできると思っていたのに、相手が葵となると俺の理性も崩壊するようだ。

もし葵が俺を拒めば抱かなかっただろう。逃げ道は作ったものの、彼女も俺を意識していいるのはわかっていた。

俺と目が合うとたまにパニクっているが、彼女はよく俺を見ている。俺が気づいていないと思ってじっと見つめている時もあれば、バレないようにチラチラ見ていることもある。観察しているとなかなかおもしろい。学生時代は俺の前であまり笑わなかった彼女が見せるいろんな表情に、心が温かいもので満たされる。

「いつでも手を出せると」

顔をニヤニヤさせながら軽口を叩く春斗をギロッと睨みつけて注意する。

「お前、言い方」

「はいはい。婚約はフリって言ってたけど、案外マジなんじゃない？　うなじにキスマークつけるなんて、どれだけ独占欲強いの？」

そう。葵は気づいていないようだが、彼女のうなじには俺がつけたキスマークがある。

つけずにはいられなかったのだ。他の男にとられたくなくてマーキングした。

昨日会った片桐の存在もあったし、彼女の浴衣姿を見たすべての男に見せつけてやりたかった。

これは俺の女だって。

婚約はフリのはずだったのに、葵と過ごす時間が増えるたび、ニセ婚約者というのを忘れそうになる。

「うるさいよ。一応婚約者なんだ。溺愛アピールしてなにが悪い」

軽く笑みを浮かべて言い返せば、春斗が呆れた顔をする。

「あっ、開き直った。そういうの、曖昧にしとくと後悔するからな」

「わかってる」

俺の隣で眠る葵に、着ていたジャケットをそっとかけた。

それからしばらくして羽田に着くと、彼女がハッと目を覚ます。

「あっ、やだ。私寝てた？」

「ああ。それはもうぐっすりと。それだけ疲れてたんじゃないか」

暗に昨夜愛し合ったことを仄《ほの》めかすと、彼女が頬を赤くしてバシバシと俺の腕を叩いてきた。

「か、観光で疲れたの……あっ！」

春斗が俺たちを見てニヤニヤしているのに気づき、葵が固まる。

「まあ長崎は坂も多いし、疲れるよね」

春斗が葵をフォローするように言ったが、彼女は耳まで真っ赤になっている。

「早く降りましょう……あれっ！」

シートベルトが引っかかって立ち上がれない彼女を見て、クスッと笑う。

「葵、慌てすぎ」

俺が葵のシートベルトを外してやると、彼女は「ありがと」とボソッと礼を言う。

飛行機を降りて空港から出ようとしたら、思いがけず学に声をかけられた。

「姉さん、それに京介さん？」

彼の隣には秘書の片桐がいて、俺を見て微かに目を細めた。

「あら学に片桐、どこへ行くの？」

葵が立ち止まって、学たちの方へ目を向ける。

「大阪《おおさか》へ。姉さん、長崎はどうだったの？」

「京介のおばあさまはとても優しかったし、お、お祭りもあって楽しかったわ」

葵が少し動揺しながら答えるのを見て、学が怪訝な顔をする。

「なんだか顔赤くない？」

「そ、それは……」

葵が返答に困っていたので、さりげなく彼女の肩を抱いてフォローした。

「ちょっと飛行機の空調の効きが悪くてね」

片桐がおもしろくなさそうに俺をチラリと見て、学に声をかける。

「学さん、飛行機の時間が」

「あっ、そうだった。じゃあ、京介さん、姉さん、また」

学が俺と葵に手を振ると、片桐がこの場を去る前に葵に言葉をかける。

「葵さん、外は暑いですから、体調に気をつけてください。では、失礼します」

ほんの一瞬俺と目を合わせたが、その目には明らかに敵意が宿っていた。

ひょっとしたら、葵につけたキスマークを見たのかもしれない。

「うわー、バチバチだね。やっぱあれ見たんだろうな」

横目でチラッと葵を見て俺に目を向ける春斗に、ニコッと微笑む。

「多分ね」

俺と春斗のやり取りを見て、葵がいぶかしげに首を傾げた。

「なんの話？」

「なんでもない。行こう。親父が待ってる。あの人、時間にうるさいからな」

実は今朝親父から【東京に戻ったら、葵さんを連れて病院に来い】とメッセージが来ていたのだ。

親父は先月人間ドッグで病気が見つかり、都内の大学病院に入院している。俺がアメリカから帰国したのも、それがあったからだ。

「え？　その話、初耳よ。知ってたらもっとちゃんとした格好したのに」

俺の話に驚いた葵が困惑した様子で自分の服に目を向けるが、全然心配する必要はない。

「充分だよ」

仕立てのいいターコーイズブルーのワンピースは夏らしく、また彼女が着ると品のよさを感じさせる。彼女が持っているバッグには、昨日俺が射的の景品でもらったクマのマスコットがつけられていた。高価なものではないのだが早速つけてくれているところをみると、相当気に入っているようだ。

「待って。お見舞いの花もないのよ」

なにかと気を遣う彼女に、笑顔で男の本音を教える。

「男は花もらっても喜ばないよ」

「そうそう。美人の葵さんを見た方が京介の親父さんは喜ぶって」

春斗も調子よく相槌を打って、「でも……」と渋る葵を社用車に乗せ、父の入院先の病院へ。

病院に着くと、親父のいる病室へ向かう。

ナースステーションのそばにある親父の病室は、いつでも使えるよううちの会社が押さえていて、薬を卸している関係上、治験という名目で認可されていない薬なども投与してもらえる。

親父は腎機能に異常があって、まさにその薬を試してもらっているところだ。

部屋の前まで来ると、春斗は俺の肩を叩いた。

「俺は邪魔だろうからここで待ってるよ」

「ああ」と頷いて葵と手の消毒をすると、ノックをして中に入る。

二十畳ほどの病室はホテルの部屋かと思うくらい豪華で、見舞いでもらったのかたくさん花が置かれていた。

ベッドでテレビを観ているメガネをかけた初老の男性が、先月六十歳になったばかりの俺の親父——芹沢圭吾《けいご》。

正直、父との関係はあまりよくないから、会うのは気が進まない。だから見舞いに来たのも、先月の帰国直後の一回だけ。

冷たいと思われるかもしれないが、父も俺が入院したら見舞いにも来ないだろう。

「体調はどうですか？」

笑顔を貼り付けて聞けば、親父は不機嫌さ全開で返す。

「退屈だ」

「質問の答えになってませんよ。藤宮葵さんを連れてきました」

葵の肩を抱いて親父に紹介すると、彼女は落ち着いた様子で挨拶する。

「はじめまして。藤宮葵と申します。ご挨拶が遅れて申し訳ありません。不束者ですが、よろしくお願いします」

「ほお、これはまた美しい娘だな」

女に目がない親父が目の色を変えて彼女を見るので、笑顔で釘《くぎ》を刺した。

「彼女は俺のですので、手は出さないでください」

「親に対する言葉ではないな。それに、お前がそこまで女を溺愛するのも珍しい」

「彼女は特別なんですよ。先に言っておきますが、顔で選んだわけではありません。彼女は性格がかわいいのですよ。とってもね」

葵の肩をギュッとして惚《のろ》気《け》てみせれば、彼女が上目遣いに小声で俺に抗議する。

「京介、恥ずかしいからやめて」

「上辺だけでなく、本当に仲もいいようだな。大事にしろ」

どこかおもしろそうに言う親父に、余計なお世話だと思いながら返した。

「言われなくても大事にします」

「家族は大事だ。こんな身体になって初めてわかった。孫を抱くまでは死ねないと思うようになったしな」

今まで家族に興味などなかった男が、今さら態度を変えられても困る。

「あまり彼女にプレッシャーかけないでください。紹介はしましたので、これで失礼します」

葵を連れて病室を出ると、彼女が心配そうに聞いてくる。

「五分もいなかったけど、よかったの？」

「いいんだ。親子といっても他人よりも遠い存在だから」

いつものように明るく笑って言うが、葵が俺の手をギュッと掴んできた。

「京介、つらい時は無理して笑っちゃダメ」

「葵……」

ハッとして葵を見つめると、彼女がストレートに自分の気持ちを伝えてくる。

「私もあなたの力になりたいの」

「ありがとう。唇にキスしてくれたら元気百パーセントなんだけどな」

ニヤリとしながらキスを要求すると、彼女がうつむき加減にボソッと返す。

「ここじゃ無理……。マンションに帰ったら」

……意外。全力で断るかと思った。

「その約束忘れないように」

屈んで葵の耳元で囁くと、春斗が現れた。

「あれ、もう終わったの？　早すぎじゃない？」

「挨拶だけして終わりにした。ところで、お前はどこに行っていたのかな？」

スーッと目を細めて尋問すれば、春斗は少し気まずそうに苦笑いする。

「ハハッ。ちょっとナースステーションに野暮用」

恐らく看護師を口説きに行っていたのだろう。

「時間を無駄にしない奴だな」と言って病院を後にすると、今度は会合出席のため都内のホテルへ。

「俺は会合があるが、葵は先にマンションに帰っていてもいい。どうする？」

「私はラウンジに寄っていくわ。早紀の勤務先がこの近くなの。彼女と一緒にお茶できるかもしれないし」

「そうか。じゃあ、終わったら連絡する」

車を降りて、葵と共にホテルの中に入る。エレベーターホールの前で立ち止まると、葵の髪をひと房掴んだ。

「また後で」

今までずっと一緒だったせいだろうか。なんだか少しの間でも彼女と別れるのが寂しく思える。

葵の目を見つめながらその美しい髪にゆっくりと口づけると、彼女の顔がほんのり赤くなった。

照れて恥ずかしいのか、彼女はコクッと頷いて俺の顔を見ずにラウンジの方へ歩いていく。その後ろ姿を見つめながら、黙って俺と葵についてきていた春斗に命じた。

「彼女の邪魔をしない距離で見張っていろ」

「はいはい」

いつもの軽い調子で返事をして春斗が葵の後を追うと、俺はエレベーターに乗って会合が開かれる会場へ入る。

会合には、国内の大手製薬会社の幹部と厚労省の役人が出席していた。

皆席に着くと、今回議長を務める俺がマイクを手に取った。

「皆さん集まったようなので始めましょうか。今日の議題はドラッグロスです。お手元の資料をご覧ください。ご存じの通り、海外で承認された薬が使えず、多くの小児ガン患者が亡くなっています。この問題を……急務であり、ご意見をいただきたい」

会議の進行をし、国への提言案を決めて二時間ほどの会議を終わらせると、ズボンのポケットからスマホを出した。

「葵は木村さんと会えたかな？」

そう呟きながら葵に【今終わった。そっちはどう？】とメッセージを打ったら、春斗から電話がかかってきた。

「はい」と電話に出ると、普段飄々《ひょうひょう》としている春斗がひどく取り乱した様子で言う。

《あ、葵さんが五階の客室に連れこまれた！》

義母の憎しみ

「俺は会合があるが、葵は先にマンションに帰っていてもいい。どうする？」

車の中で京介に聞かれ、笑顔で答える。

「私はラウンジに寄っていくわ。早紀の勤務先がこの近くなの。彼女と一緒にお茶できるかもしれないし」

今後の予定は不透明なので、会えるうちに早紀に会っておきたい。

「そうか。じゃあ、終わったら連絡する」

車を降りてホテルに入ると、エレベーターの前で京介が私の髪を一房掴んで恭しくキスをする。

「また後で」

身体が蕩けそうな声で言われ、ドキッとした。

さすがアメリカ帰り。親密な仕草は慣れたもの。でも、ここは日本なのよ〜。

脳内で叫ぶが、もう顔が熱くなってきて本人には言えない。

赤い顔を見られたくなくて小さく頷き、ひとりラウンジに行く。窓際の席に座ると、コーヒーを注文した。

京介と一緒だと平静でいられない。まだ顔が熱い。

フーッと息を吐いて心を落ち着かせ、バッグからスマホを出して早紀にメッセージを打つ。

【今、早紀のオフィスの近くにあるホテルのラウンジにいるの。会える?】

送信しようとしたら目が少しぼやけて、何度か瞬きした。

飛行機の疲れかしら?

でも、なんだか最近目が不調のような気がする。体力も落ちたし、もう若くないってことなのだろうか?

ひとり苦笑いしながらメッセージを送ると、すぐに早紀から電話がかかってきた。

《芹沢くんとのことずっと気になってたのよ。仕事もちょうどきりがいいし、すぐ行くわ》

その声は少し興奮していたけど、私の方がもっと舞い上がってる。

「窓際の席にいるから」

いっぱい話したいことはあるが、手短に言って電話を切る。

コーヒーが運ばれてきてカップを手に取ったら、春斗さんが私の席の近くを通りかかった。

「あら？　京介と一緒ではないんですか？」

「葵さんについていろって京介の命令です」

声をかけて返ってきた彼の言葉に思わず顔をしかめ、ハーッと溜め息をついた。

「必要ないのに」

「大事なんですよ。身内以外の女性をこんなに大事にするって初めてですから」

春斗さんの話を聞いて、すぐに玲香先輩の顔が浮かんだ。

確かに私のことを大事に扱ってくれるけど、彼は私にだけ優しいのではない。

「でも……」

玲香先輩のことを口にしようとしてやめた。彼女の存在は忘れたかったのだ。

「でも？」

「なんでもないです。とにかく、私は大丈夫ですよ」

「ま、邪魔しないようにそばにいますよ」

春斗さんはそう返して、少し離れた席に着く。

彼だって仕事があるだろうに、なんだか申し訳ない気分になる。

こうなるとわかっていたらホテルには寄らず、マンションに帰ったのだけれど。

そんなことを考えていたら、後ろからポンと肩を叩かれた。

「お待たせ」

ハッと振り返ると、紺のパンツスーツを着た早紀が立っていて、私にニコッと微笑んだ。

「早かったわね」

「すぐ近くだもの」と言って早紀は向かい側の席に座り、アイスティーを頼むと、私に目を向けた。

「それで、芹沢くんとどうなったの？」

「昨日、長崎に行って、彼のおばあさまにご挨拶したんだけど、おばあさまがとても素敵な方でね。京介の優しさのルーツを見た気がしたわ」

ニコニコ顔で報告するが、彼女の反応は薄い。

「まあその話も大事だけど、私が知りたいのは芹沢くんとの絡みよ」

テーブルに身を乗り出して聞いてくる彼女を宥める。

「急かさないでよ。おばあさまに会った後、京介とふたりで浴衣着てお祭りに行ったんだけど、もう眼福だった」

手を組んであの時の思いに浸る。

京介がセクシーすぎて、どうにかなりそうだった。

「ほうほう、それで？」

店員が運んできたアイスティーをひと口飲むと、早紀が目を輝かせて先を促す。

「射的して、彼が私が狙ってたクマのマスコットを取ってくれてね。私にくれたの。りんご飴だって買ってくれたし、たこ焼きだって食べさせてくれたのよ。すごくない？」

テンション高く話す私とは対照的に、彼女は引き気味に笑う。

「……なんか女子高生というか、中学生の会話ね」

「子供って言いたいの？」

「まあはっきり言うとそうね」

親友だけあって遠慮がない。

「仕方ないでしょう？　ずーっと彼氏なんていなかったし、デートもしたことなかったんだもの」

開き直ってそう言い返すが、自分で言ってて悲しくなった。

「で、そのお祭りデートでキスはしたの？」

早紀にニヤニヤ顔で聞かれ、昨日の京介のキスの感覚を思い出し、顔が熱くなる。

最初は強引だったけど、身体が蕩けるようなキスだった……。

「ふーん、その様子だとキスしたのね。昨日は芹沢くんと一緒にホテルに泊まったんでしょう？　なにもなかったはずないわよね？」

早紀がキラリと目を光らせて追及してくるものだから、ごまかしきれずに白状する。

「……うん」

小さく頷くと、早紀が満足そうに口角を上げた。

「おお。ついに葵も大人になったのね。それでうなじにキスマークがついてるのか」

ひとり納得したように彼女が頷いているので、キョトンとしながら尋ねる。

「ん？　なに？　キスマークって？」

「え？　気づいてないの？　うなじに鬱血痕があるわよ」

早紀の言葉に思わず声をあげ、うなじに手をやる。

「え？　嘘？」

「ホントよ。ちょっとこっちに顔を寄せて」

早紀がスマホを出してきてパシャッと写真を撮ると、私にスマホの画面を見せた。

「ほら、ここにあるでしょう？」

「……本当ね」

これがキスマーク。漫画の世界での話かと思った。

京介なにやってるの～。

「キスマークつけちゃうくらい葵が欲しかったってことじゃない？　愛されてるわね」

フフッと笑みを浮かべる彼女の言葉を聞いて、思考が急停止した。

「愛されてる？」

「え？　愛してるって言われてないの？」

驚いた顔で確認してくる早紀に、抑揚のない声で答える。

「……言われてない」

今改めて思い返してみると、愛してるなんて言葉は彼の口から出なかった。そのことに気づいてショックを受ける。

私の理想は彼に告白されて、愛し合うことだった。でも、実際は違う。昨日はお祭りの流れがあってお互い求め合った形だ。

彼はとても優しかったけど、そこに愛はあったのだろうか？

急に不安になってきた。

「……そうなのね。そのうち言ってくれるんじゃない？」

早紀がフォローするように言うが、今まで高かったテンションが一気にガクッと下がった。

「言ってくれなかったら？」

彼に愛されている自信なんてない。

「言わせてみせたら？」

早紀が強気の発言をするが、ブンブンと首を横に振った。

「無理よ。絶対に無理」

『綺麗』だって言ってくれたのも、昨日が初めてだったのよ。

「男の人って……好きじゃない女の人も抱けるのかしら？」

今彼氏はいないけど私よりは恋愛経験がある早紀に聞くと、当然のように返された。

「まあ。それは女性だってそうでしょう？　愛がなくてもセックスする人はいるわ」

「さ、早紀」

セックスというワードが出てきてあたふたしていると、近くにいた春斗さんと目が合って青ざめる。

そうだわ。彼もいたんだった。

「早紀、声が大きいわ」

春斗さんを気にして小声で注意すると、彼女も声のボリュームを下げる。

「でも、芹沢くんは誰とでもするような人には見えないけど」

「……相手が玲香先輩だったら可能性はあると思う」

玲香先輩を前にすると、私の自信なんて粉々に崩れていく。

京介に抱かれた時は、心が通じ合ってひとつになったような感覚があった。でも、私がそう感じただけなのかもしれない。私は彼以外の男の人を知らないのだ。

早紀もはっきり否定せず、言葉を詰まらせる。

「それは……。だけど、今一緒にいるのは葵なのよ。全力で芹沢くんを繋《つな》ぎ止めるのよ」

「……うん。頑張るわ」

悩んだって仕方がない。これは神様がくれたチャンスなのだから、全力で彼にぶつかろう。

「その意気よ……って、私はそろそろ仕事に戻らないと。じゃあね」

早紀が腕時計をチラッと見て、席を立つ。

「急に呼び出してごめんね。ここは私が持つから」

「ありがと。葵、頑張って初恋を実らせなさい」

檄《げき》を飛ばす早紀に、笑顔で返事をした。

「彼を好きにさせてみせるわ」

私の言葉を聞いて安心したのか、彼女がゆっくりと私に微笑してこの場を去る。

ありがとう、早紀。元気をもらった気がする。

興奮して喋ったせいか喉が渇いてコーヒーに手を伸ばしたら、カップが三重に見えた。

あれ？　まただわ。昨日の疲れが相当残っているのかしら？

そういえば同窓会の時も目が霞んだよう……な。

目を何度か瞬き、ようやくピントが合ってコーヒーを手に取ったら、バッグの中のスマホが鳴った。

スマホを取り出すと義母からの電話で、思わず溜め息が出る。

私に電話をかけてくるなんて珍しい。いったいなんの用かしら？

いつものお小言？

長話になると思い席を立つと、春斗さんにスマホを見せて電話だと伝え、ラウンジを出た。

「はい、葵です。なにか？」

≪なにかじゃないわ。もう芹沢さんのところにいるのなら、うちの荷物をどうにかかし

てくれない？》

義母と話をしながら、人気のない通路に移動する。

「申し訳ありません。今週中に荷物を移します」

京介のマンションに置かせてもらうのは図々しすぎるし、どこかトランクルームでも借りようかしら。

《すぐにしてちょーだい》

苛立たしげに言って、義母はブチッと電話を切る。

電話でも彼女の相手をするのはどっと疲れが出るが、実家の荷物を移してしまえば当分会うことはないだろう。

父の遺産は思い出のあるもの以外は相続を放棄したし、ＦＵＪＩＭＩＹＡの株も学に全部譲渡しているので、なにか言いがかりをつけられることもほとんどないはず。

「トランクルーム、京介のマンションの近くにあるかしら？」

すぐにスマホで探すと、数件目ぼしい業者が見つかった。

京介のマンションから一キロ圏内にある。あとは、引っ越し業者ね。家電はないけど、ベッドとかはさすがに自分で運べないから……。

その時、京介からメッセージが入った。

【今終わった。そっちはどう？】

返事を打とうとしたら、突然背後から誰かに口を塞がれた。

叫ぶこともできず、スーツを着た二人組の男に近くのエレベーターに運ばれる。

「キャ……!?」

なにが起こっているの？

突然のことでわけがわからず、まったく抵抗できなかった。

どこかのフロアでエレベーターから降ろされると、ようやく頭が動き出して、必死にもがいた。

足がひとりの男にヒットして、もうひとりの男が冷たい目で警告してくる。

「大人しくしてないと、その綺麗な顔が傷つくことになるぞ」

その言葉に恐怖を感じて血の気が引く。硬直するように身体が硬くなって、そのままエレベーターからさほど遠くない部屋に運ばれた。

口を塞がれていなくても、怖くて声は出なかったかもしれない。

男性ふたりはマスクをしていて顔が全部見えないが、面識はなかった。だから、ますますわからなくなる。

どうして私を攫《さら》うような真似をするのか。

部屋に入ると、ベッドの上に乱暴に降ろされた。

マズイわ。どうにかしてここから逃げないと。

スマホは今、お尻の下にある。男たちがいなくなったら、京介に連絡を取って……。

そんな算段を立てていたら、ロープで手足を縛られた。

「放して！」

身体をよじりながら叫んだら、よく知った白髪交じりの男性が現れてビクッとした。

「逃げられんよ」

いらやしい目で私を見つめているその男性は、会長秘書の黒岩さんだった。

「どうしてあなたがここに？」

驚きで目を見張る私を見て、彼はダークな笑みを浮かべた。

「彼女が君を不幸のどん底に突き落とせと言うのでね」

彼女というのは、十中八九、義母のことだろう。

ひとりになってすぐに攫われるなんて、ずっと私を見張っていたのでは？　義母が珍しく電話をかけてきたのは、私をひとりにさせるためだったのかもしれない。

「君が芹沢家に嫁ぐのが気に入らないようなんだ。だから、君を傷物にしようと思ってね。嫁げない身体にすれば、芹沢の御曹司も君のことなんか見向きもしなくなるだろ？」

彼の言葉を聞いて、身体が強張った。

私の解釈が間違っていなければ、ここにいる男たちに私を襲わせる気なのだろう。

「いくらお義母さんに言われたからって、犯罪行為よ。わかっているの？」

気丈に見せようとするが、怖くて声が震える。

「バレなきゃ犯罪にはならない。君はプライドが高い女だ。自分が傷物になったなんて警察には言えないだろう？」

「あなた……本物の悪党ね。必ず天罰が下るわ！」

黒岩さん……いや、もう彼にさんづけは必要ない。黒岩を睨みつけると、彼は愉快そうに口角を上げた。

「彼女は君の母親も、君のことも憎んでいる。知っていたかな？　君のお父さんは、君の実の母親と結婚する前から彼女と婚約していたんだよ」

黒岩の話に驚きを隠せなかった。

「う……そ」

ショックでそれしか言葉が出ない。

彼が嘘を言っている可能性もあるが、本当だとすれば義母が私をあれだけ嫌うのも納得できる。

いくら血の繋がらない娘とはいえ、つらく当たられるのを不思議に思っていた。だが、ようやく理由がわかった。母に父を取られたのであれば、恨みたくもなるだろう。

「君のお父さんは婚約者がいるのに、君の母親と懇意になり結婚した。彼女のプライドはズタズタだ。だからね、俺と彼女でＦＵＪＩＭＩＹＡを乗っ取ろうと考えたんだよ」

つまり義母が父と結婚したのは、復讐のためということなの？

「お義母さんはかわいそうだとは思うわ。でも、こんなの間違ってる！」

私が叫んだら、黒岩がそばにいる男性に目配せする。

「ん……んん！」

男性が私の口に粘着テープを貼ると、黒岩が楽しげに目を光らせた。口を塞がれながらも抗議する私が滑稽《こっけい》に見えるのだろう。

「間違ってるとかどうでもいい。君が幸せになるのが許せないんだよ、彼女は」

義母はずっと私を憎んできた。彼女の気持ちはわかるけど、こんなことをしていいわけがない。

私はこのまま男たちに襲われるの？

そんなの嫌！

でも……ここには私の味方なんていない。助けも来ない。

絶望的な状況で、考えるだけで血が凍りそうなくらい怖かった。

「怯《おび》えているな。それでいい。苦しめばいいんだ。さあ、始めようか？」

黒岩がスーツのジャケットを脱ぐと、ネクタイを外しながらベッドに上がってきて、ズシリとベッドが沈んだ。

彼に襲われるとは思っていなくて、頭がパニクる。

義母がいるのに、どうして？

いや、そんなこと考えてる場合じゃない。このままでは彼になぶりものにされる。

「まずは私がかわいがってやろう」

黒岩が私の頬にゆっくりと触れてきて、総毛立った。恐怖と寒気が一気に襲ってくる。

黒岩に犯されるなんて嫌――。

全力で手足をバタバタさせても、動くのはほんの数センチで黒岩には届かない。

動くたびにロープが肌に擦れて痛む。だが、痛みを気にしている場合ではない。

彼が私の上に乗っかってきて、怖くて叫んだ。

「んん！」

口を塞がられていて、声にならなかった。彼のタバコ臭い息が顔に当たり、思わず顔を背ける。

私は無力だ。

恐怖でどうにかなってしまいそうだった。

京介……。

彼は私が攫われたとも知らない。春斗さんは私の戻りが遅いと気づいただろうか？

お願いだから、誰か……助けに来て！

「やはり若い娘は肌のハリが違うな」

黒岩が舐めるように私を見る。

京介！　助けて！

絶望を感じながらも、好きな人の名前を心の中で叫ぶ。

もうダメかと思ったその時——。

バタンとドアを蹴破るような音がして、京介と春斗さん、それに警官が入ってきた。

私が黒岩に襲われそうになっているのを見て、京介が黒岩の首根っこを掴んで引き剥がす。

「葵！」

脳の処理が追いつかない。

京介は私の口に貼られたテープを剥がすと、手足のロープも外し、着ていたジャケットを脱いで私にかける。

それから私をかき抱いた――。

抱けるけど、今は抱かない　―　京介side

《あ、葵さんが五階の客室に連れこまれた！》
春斗からの電話には驚いたが、このような事態は黒岩や葵の義母と会った時に想定はしていて、春斗以外にも護衛をつけていた。
このタイミング……。やはり黒岩と葵の義母の仕業なのだろうか？　それとも、またまなにかの事件に巻き込まれた？
「ホテルや警察に連絡は？」
考えを巡らせながら問うと、春斗は余裕のない声で答える。
《京介が手配した部下がもう連絡してる》
「彼女を攫った相手の顔は見たのか？」
《マスクをしていてよくわからなかった。でも、男ふたりが葵さんを抱えてエレベーターに乗るのを見た》
春斗の言葉を聞きながら、客室棟へと走る。
すれ違う人たちが振り返るが、構っていられない。

一刻も早く葵を救い出さないと――。

「俺も今五階に向かってる。どこの部屋に連れ込まれたか把握してるのか？」

《多分、五〇五号室。葵さんのバッグについてたクマのマスコットが部屋の前に落ちてた》

「クマのマスコット……」

俺が昨日彼女にあげたやつだ。恐らく葵が抵抗した弾みで外れたのだろう。

《部屋の目星はついているのに、警察が来ないとなにもできないんだ》

「一旦電話を切る。警察が来たら知らせろ」

《了解》

春斗の返事を聞いて電話を切ると、葵から電話がかかってきた。

助けを求めてきたのかと思って「葵？」とすぐに応答するが、彼女の声がしない。

「葵？」

立ち止まってもう一度呼びかけると、なにやらガサゴソと物音がして、男性の声がした。

《大人しくしてないと、その綺麗な顔が傷つくことになるぞ》

葵を攫った男の声だろう。黒岩の声ではなかった。

誰か人を雇ったか？　それともまったく別の人間の犯行か？

男の声を聞いて、焦りを感じた。

まだ電話は繋がっている。今のところ相手にはバレていないらしい。

お陰で少し状況がわかってきた。

電話を耳に当てたまま客室へ向かっていると、また衣擦れの音がして葵が叫んだ。

《放して！》

その声を聞いて、気が急いた。その場にいない自分が歯痒くて、ギュッと唇を噛む。

早く行かないと。

耳にイヤホンをつけてハンズフリーにし、走って、走って、走って……人を避けながらただひたすら彼女のもとへと急ぐ。こんなに全力で走ったことはいまだかつてなかった。

その間もイヤホンから物音がしたが、聞き覚えのある声がしてハッとした。

《逃げられんよ》

これは……黒岩の声。やはり黒岩が犯人だったのか。

だが、彼の後ろには葵の義母がいるはずだ。

《どうしてあなたがここに？》

《彼女が君を不幸のどん底に突き落とせと言うのでね》

葵と黒岩の会話で、やはり義母が黒幕だとわかった。

《君が芹沢家に嫁ぐのが気に入らないようなんだ。だから、君を傷物にしようと思ってね。嫁げない身体にすれば、芹沢の御曹司も君のことなんか見向きもしなくなるだろ？》

その黒岩の残酷な言葉に、冷静さを失いそうだった。

あいつ……あいつらは……彼女を身体的にも精神的にも傷つける気だ。

ふたりの会話から、義母が葵に冷たくする理由もわかった。

自分が婚約者に捨てられたからといってその恨みを義理の娘に向けるなんて、ひどい女だ。葵にはなんの罪もないじゃないか。

ようやく五階のフロアに着くと、五〇五号室の前に春斗と俺の部下、それにホテルの従業員がいた。

「警察は？」

俺が小声で春斗に尋ねると、ちょうどエレベーターの扉が開いて、警官が二名やって来た。

イヤホンからは、黒岩の悪意に満ちた声がする。

《まずは私がかわいがってやろう》

葵が危ない！

「婚約者の身が危険です。すぐに部屋の鍵を開けてください！」

事情を長々と説明している余裕はない。

警官と従業員に訴えると、警官が「あなた方は危ないですので、ここで待機していてください」と指示を出す。だが、じっとしてなんかいられなかった。

従業員が部屋のドアを開けると、一番に部屋に飛び込む。すると、ベッドの上に黒岩と葵がいた。

彼が葵の上にまたがっているのを見て、カッと頭に血が上る。

それ以上彼女に触れるな！

葵に覆い被さっていた黒岩を力いっぱい引き剥がすと、勢い余ってやつがドンと壁にぶつかる。

しかし、もう彼のことは頭になかった。気になるのは葵のことだけ。黒岩や男たちのことは警官や春斗に任せた。

葵が服を脱がされた形跡はなくて、未遂で終わったことに心からホッとする。攫われはしたが、春斗や護衛をつけておいて正解だった。

葵の口に貼られたテープを剥がし、手足を拘束していたロープも解く。かなり抵抗したのか、縛られたところに血が滲んでいて胸が痛くなった。

襲われそうになって、どんなに怖かっただろう。

着ていたジャケットを葵の身体にかけると、ギュッと彼女を抱きしめた。

「もう大丈夫だ」

それしか言葉が出なかった。

葵はショックもあったのか、すぐに反応しなかった。どこか虚《うつ》ろな目をしていて、抱いていてもまるで人形みたいで身体に力が入っていない。

「大丈夫。俺がいるから大丈夫」

葵に優しく言い聞かせる。今の俺にはそれしかできなかった。

黒岩も一緒にいた男たちも手錠をかけられていて、彼は目が合うと俺を睨みつけてきた。

「御曹司、覚えていろよ！」

俺たちが突入してくるとは思わなかったのだろう。

ドスの利いた声で言われたが、冷ややかに返す。

「それはこっちのセリフだ。俺はお前を絶対に許さない。戻る場所などないと思え」

刑務所行きが決まったとしても、せいぜい数年。刑期を終えれば復讐してくる可能性がある。だがそうはさせない。

どんな手を使っても、もう葵に一生近づかせるものか。絶対に。

「ひっ！」

俺の激しい怒りを感じたのか、黒岩がひるんで声をあげた。

「さあ、来い」

警官が黒岩を連れ出すと、春斗が俺と視線を合わせてきて、俺の部下と共に部屋を出る。俺は葵のそばを離れられないから、警察への事情説明は彼に任せることにした。

「あの……救急箱持ってきましょうか？」

残っていたホテルの従業員が、俺と葵に気遣わしげに声をかけてきた。

「お願いします」

俺の返事を聞いて従業員も部屋を出ていきふたりだけになると、葵が俺のシャツを掴んできた。

「もう……ダメかと思った」

黒岩たちがいなくなって、ようやく安心できたのかもしれない。

「どこを触られた？」

答えたくないだろうが、聞かないわけにはいかない。

「……顔だけ。タバコの匂いがして……嫌だった。身体を触られそうになった時……

京介が来てくれたの」

今にも泣きそうな声でポツリポツリと答える葵をしっかりとこの胸に抱いて、彼女に誓う。

「もうあいつも、葵の義理の母親も絶対に近づけさせない」

「うん……。しばらくこのままでいい？」

俺の胸に頬を寄せて尋ねる彼女に、「ああ」と頷いた。

男たちの中にひとりでいてどんなに怖かったか。最悪の事態だって考えたはず。

しばらく葵を抱いていると、心が少し落ち着いてきたのか、彼女が顔を上げて俺を見た。

「もう大丈夫。ありがと」

俺にまで笑って……。

多分、人を頼ることを知らないんだ。これからは俺がとことん甘やかす。

「無理するなよ。もっと俺に甘えればいい」

俺から離れようとする彼女を再び胸に抱いてギュッとしたら、インターホンが鳴った。

ホテルの従業員が救急箱を持ってきて、葵の傷の手当てをする。俺はその間に学にメッセージを打った。

【葵が黒岩に強姦されそうになった。幸い未遂に終わって、黒岩は逮捕された。黒岩は学の母親による指示を仄めかしているし、学も事情聴取を受けるかもしれない】

しばらく待つが、移動中なのかすぐに既読がつかなかった。

もし、学の母親も逮捕されたら、葵も学もなにかしらダメージを受けるだろう。

そんなことを考えていたら、葵に声をかけられた。

「……京介？」

いつの間にか彼女の傷の手当ては終わっていて、ホテルの従業員が退室するところだった。

「学にメッセージを送ったんだ。まだ既読にはならないけど」

「私……学にどう伝えよう。絶対にショックを受けるわ。私がいなかったら……こんなことにならなかったのかもしれない」

黒岩から過去の話を聞いたせいか、彼女は自分のことを責めているようだった。

義母に同情してるのか？　お人好しすぎるだろ？

「学には俺から伝える。葵が罪悪感を抱くことなんてなにもない。わかった？」

「……うん。ごめんなさい。京介にいっぱい迷惑かけちゃって。この後だってなにか予定が――」

弟の次は俺の心配。全然わかってない。

「迷惑だなんて思ってない。葵は学になにかあったら迷惑だって思うのか？」

少し強い口調で問えば、彼女は小さく頭を振りながら答える。

「思わないわ」

「俺も同じだよ。葵はもう家族みたいなものなんだから」

「……ありがとう」

俺の話を聞いて目を潤ませながら礼を言う彼女を抱き寄せ、しばらくそのままでいた。


その後、警察から事件のことを聞かれ、自宅マンションに帰った時にはもうすっかり日が落ちて夜になっていた。

「……シャワー浴びていい？」

靴を脱いで玄関を上がると、葵が俺に許可を求めてくる。

「いちいち俺に聞かなくていい。ここは葵の家なんだから」

「でも、私は居候させてもらってる身で……」

「でもじゃない。婚約者を居候とは言わない。ほら、早く浴びてこいよ。なんなら俺が身体を洗おうか？」

わざとそんな冗談を言うと、彼女がトンと軽く俺の胸を押した。

「遠慮します」

うつむき加減に言って、彼女はバスルームに籠《こ》もる。

学から連絡がないか確認しようとしたら、ポケットのスマホが鳴った。スマホを取り出すと学からの着信で、すぐに電話に出た。

「学？」

《メッセージ見ました。これから東京に戻ります。母は今、警察の事情聴取を受けているんですが、警察の話では関与を否認しているそうです》

「そうか」

否認しても、逮捕になる確率が高いだろう。あまり騒ぎにならないようマスコミに手を打たないとな。

《黒岩が勝手にやったことだと言っているそうです。姉さんはどうしていますか？》

「俺のマンションに帰ってきたところで、今はシャワーを浴びてる。ショックは受けているが、俺がそばにいるから心配するな」

《はい。ありがとうございます。じゃあ、これから搭乗するので。また連絡します》

「ああ」と返事をして、電話を切る。

学も動揺はしてるだろうが、意外と冷静だった。

春斗に電話をしてマスコミ対応の指示を出すと、彼が少し気落ちした様子で謝ってきた。

《京介、俺、油断してた。ごめん。ちょっとくらい離れても大丈夫だと思って……》

「お前のせいじゃない。俺も甘かった。もう過ぎたことは考えるな。今すべきことを考えろ」

そうたしなめて電話を切ると、フーッと息を吐く。

仕事も数日はリモートにするかな。当分の間、葵をひとりにはできない。

そういえばシャワーの音がしないが、大丈夫だろうか？

バスルームのドアをノックして「葵？」と声をかけるけど、返事がない。

なにかあったのかと思ってドアを開けると、シャワーを浴び終えた葵がバスローブを着て床に座り込んでいた。

生気のない顔。髪は濡れたままで雫がポタポタと滴っている。

「葵？　どうした？」

しゃがみ込んで葵の頬に手をやり取り、彼女と目を合わせた。

「……汚れが落ちないの。何度洗っても……汚いままなの」

葵からはうちのボディーソープの香りがする。精神的なショックから、そう思い込んでいるのだろう。

「汚くなんかない」

コツンと自分の額を葵の額に押し当てて告げると、ドライヤーで彼女の髪を乾かして寝室のベッドに運ぶ。

「ゆっくり眠るといい」

優しく声をかけて寝室を出ていこうとしたら、彼女が俺の服を掴んだ。

「行かないで」

空気に溶けてしまうんじゃないかっていうくらい小さな声だった。

あんな怖い思いをしたんだ。すぐに眠れるわけないよな。

「どこにも行かない。そばにいる」

俺もベッドに上がると葵を抱き寄せ、そっと抱きしめた。

「私……怖い。黒岩の声がまだ耳に残っているの。姿は見えないのに、今にも襲われそうで……怖くて仕方がない。ううん……すでに汚されているのかもしれない」

強いショックを受けて記憶が錯乱している。

「葵は汚されてなんかいないよ」

穏やかな声で返すが、彼女は感情が高ぶっているのか声を荒らげた。

「言葉でならなんだって言えるわ！」

「落ち着いて。何度でも言うけど、葵は汚されてなんかいない」

俺が否定しても、彼女はやや自棄になって嘲《あざけ》るように問いかけてくる。

「だったら、私を抱ける？」

「抱けるけど、今は抱かない」

脳が興奮状態にある葵を落ち着かせようと、いつもの俺らしくフッと笑う。

「元気になったら嫌というほど抱いてやる。だから今は休めよ。俺は葵のそばにいるから」

「京介……」

突然悪い魔法が解けたかのように、葵が目を大きく見開いた。その瞳には俺が映っている。

「葵は誰よりも綺麗だよ。俺が保証する」

嘘なんかじゃない。

今まで会ったどんな女性よりも、彼女は美しい。

「京介……褒めすぎ」

小さく笑う彼女を見て、ホッと胸を撫で下ろす。

どうやら正気に戻ったようだな。

「褒めてない。ただ事実を言ったまでだよ」

ニヤリとすれば、葵がちょっと拗《す》ねるように言う。

「……いつもの京介節。誰にでも言うもの」

「『誰よりも綺麗だよ』なんてセリフは、葵にしか言ってない」

真顔でそう言い返したら、彼女が俺の胸に頬を寄せてはにかむように言う。

「……本当なら、嬉しい」

声はまだ元気がないが、一晩寝たらいつもの葵に戻るだろう。

「本当だよ。葵が綺麗なのは当たり前だから昔は口に出さなかっただけ。それに、葵をからかうのが日常になってて、楽しかったんだ。……葵？」

彼女の目がトロンとしてきて、しばしその顔を見つめる。

「んん……？」

問いかけるような声を出すが、ついに目が閉じて彼女の身体から力が抜けた。

身体の緊張が解けて眠くなったか？

「いいや、なんでもない。おやすみ」

葵の頭を撫でると、そっとキスを落として彼女を抱いたまま眠りについた。

楽しい時間

「なに作ってるの？」

キッチンで料理をしていたら、京介が背後から私の肩に顎をのせてきた。

「玉子焼き」

切った玉子焼きを皿に盛り付けようとしたら、後ろから手が伸びてくる。

「どれ。……うまい」

玉子焼きをひと切れつまんでパクッと口に入れ、とびきりの笑顔で感想を口にする彼を注意した。

「もう、つまみ食いはダメ」

わざと怖い顔で怒るけど、どうしても顔がニヤける。

「誘惑には勝てないんだよ。甘い玉子焼き、好物になりそう。もっと甘いものもあるけど」

なにやら怪しい空気を感じたかと思ったら、彼が私のうなじにチュッとキスをしてきて固まった。

「きょ……京介～」

顔を真っ赤にして抗議すると、彼がニヤリとした。

「だから誘惑には勝てないんだって」

最近、新婚なんじゃないかっていうくらい彼が甘い。

黒岩の事件から一週間が経った。

事件の二日後に義母も逮捕されて取り調べを受けているのだけれど、京介がマスコミに圧力をかけたのか、事件は表沙汰にならなかった。

彼は事件以来、仕事をリモートワークに切り替えて私に寄り添ってくれている。

「ねえ、そろそろ普通に仕事していいのよ。私はもう大丈夫だから」

「じゃあ、そうさせてもらおうかな」

「うん。京介には感謝してる。ありがとう」

京介が素直に私の言うことを聞いてくれて、少しホッとした。

一緒にいてくれるのはとても嬉しい。でも、彼だって仕事がある。私が足枷《あしかせ》になってはいけない。

出来上がった朝食をダイニングテーブルに運んで食べていると、京介が小さく微笑んだ。

「葵って料理うまいな」

「ネットのレシピ見て作っただけ。なにもできないのはマズいと思って」

藤宮家の料理は基本的にシェフが作っている。義母は家事をしないし、家庭の味なんてない。だからおふくろの味というものに憧れていた。

母が生きていたら、教えてくれたのだろうか。

「そういうところ偉いな」

「偉くなんかないわよ」

料理ができる人なんていっぱいいる。シェフみたいに作れるわけでもないし、別に特別なことではない。

「今日はＦＵＪＩＭＩＹＡに行くんだっけ？」

オフィスの私物を今日取りに行くことになっているのだ。

「ええ。もうＦＵＪＩＭＩＹＡでは働かないし、祖父も私の顔を見たくないと思うの」

学の話では黒岩や義母が逮捕されて、祖父はかなりショックを受けているらしい。私の顔を見たら事件のことを思い出して、ますます気が滅入ってしまうだろう。

「今はそっとしておくのが一番だ」

京介の言葉に、小さく頷いた。

「そうね。学もいるし。……ねえ、それなに？」

テーブルの上にA4サイズの書類が置いてあって、ずっと気になっていた。

「ああ。食事が終わったら見せようと思って。難病の人を支援する財団を近々設立する予定なんだ」

京介が書類を手に取って見せてくれるので、その資料を覗き込みながら笑顔で相槌を打った。

「それは素敵ね。芹沢製薬の知識が役に立つもの。でも、どうして私に話を？」

「葵はFUJIMIYAを辞めるわけだし、手伝ってもらえないかと思ってね」

京介に仕事の世話をされるとは考えていなかったので、少々驚いた。

「私が……？」

病気や薬に関する知識なんてない。それに、私は仮初の婚約者だ。婚約を解消したら、彼のもとで働けなくなるのでは……。

まだ彼とは未来を約束した間柄ではないし、どうしても先のことを考えてしまう。

このまま一緒にいていいの？　一緒にいればいつか私を好きになってもらえる？

「……葵、ボーッとしてどうした？」

「あっ、ごめんなさい。私でお役に立てるのか不安になっちゃって」

思考を中断し、笑顔を作って取り繕った。

「立てるよ。でなきゃ声かけない。あと、俺は今日オフにしたから付き合うよ」

「無理しなくていいのに」

ただでさえリモートワークさせているのに、休みまで取らせてしまった。

「代わりに午後は俺に付き合ってもらおうと思って」

「なにかあるの？」

首を傾げて聞き返すと、彼はどこか企み顔で微笑む。

「秘密」

「気になるじゃない。ズルいわ」

「言ったら楽しみが半減するから」

楽しみということは、どこか遊びに行くのだろうか。

支度をしてマンションを出ると、京介のところの社用車が正面玄関の近くに停まっていた。

助手席のドアが開き、春斗さんが出てきて恭しく後部座席のドアを開けてくれた。

「さあ葵姫、どうぞお乗りください」

彼は事件の後、毎日のようにスイーツを持って京介のマンションにやって来る。事件が起こったことを自分のせいだと思っているのだ。

「ありがとう」

春斗さんの目を見て微笑むと、車に乗り込んだ。

「今日はオフなのに社用車なのね」

「まあ、いいじゃないか。ＦＵＪＩＭＩＹＡに行くのにプライベートの車で行くのもカッコつかないし」

「京介でも体裁を気にするのね」

「一応、芹沢製薬の副社長だから」

そんな軽口を叩くが、彼は車が発進するとすぐに春斗さんと仕事の話を始めた。

荷物くらいひとりでタクシーで取りに行けると言えたらいいのに……。

私はもう平気だけど、彼らに心配をかけてしまう。

ＦＵＪＩＭＩＹＡの本社ビルに着くと、私と京介だけ車を降りて中に入った。

受付にいる女性に「おはようございます」と挨拶をして、エレベーターで九階に上がり、右奥にある部屋のドアを開けた。

「前は寄らなかったわよね。ここが私のオフィスよ」

古い事務机とロッカーが置いてあるだけの殺風景な部屋。もとは倉庫だった。

「広報をやってたんだよな？　ここで……？」

少し呆気に取られている京介を見て、クスッと笑った。

「仕事するような部屋に見えないわよね？」

「まあね」

「他の広報部の社員と違って私は祖父や学に付き添ってパーティーに出ることが仕事だったから、オフィスにいることはあまりなくて、ここに私物を置いていたの」

私の仕事はブランドの服やアクセサリーを身に着け、自分が広告塔になることだった。

ロッカーを開けて紙袋に服を入れていたら、ノックの音がして学が入ってきた。

「姉さん、受付から連絡もらって知ったよ。来るって言ってくれればよかったのに」

「学もいろいろ忙しいかと思ったの」

義母や黒岩の件で対応に追われていたのに、弟は私を心配して何度も電話をくれた。学は今回の事件についてはかなり怒っていて、義母とも面会せず、弁護士に対応を任せている。それはつまり義母を見限ったということだろう。

「そんな気を遣うことないよ。元気そうで安心した。ちょっとふっくらした？」

「やだ。言わないで、学。最近、差し入れもあって、スイーツいっぱい食べちゃって……」

体重が二キロも増えてしまった。学がひと目見て気づいたなら、当然一緒に住んでいる京介も私が太ったと思っているはず。

学の言葉に動揺せずにはいられなかった。

「いいんじゃない？　今の方が健康的に見えるよ」

学が優しく微笑めば、横にいた京介も腕を組んで私をじっと見据える。

「それは同感だな」

京介の目がとっても甘いから、ドキッとして自然と顔が赤くなってしまう。

そんな私を見つめる学の視線に気づき、慌てて話題を変えた。

「が、学、おじいさまの様子はどう？」

「まだ事件のことがショックみたいで、今日は出社してない。家で仕事してる。まあそのうち元気になって出てくると思うよ。社員も落ち着いてるから心配はいらない。それも京介さんのお陰だよ」

京介がマスコミが騒がないよう手を打ってくれなかったら、今頃うちの会社の株は暴落していたかもしれない。

「いや、当然のことをしたまでだ。なにかあれば力になるから」

優しく微笑む京介に、学がニコニコ顔で言う。

「京介さん、ちょっと僕の部屋で話したいんですけど、いいですか？」

京介が「ああ」と返事をして、ふたりは部屋を出ていく。

楽しい雑談でも始めるような雰囲気だったけど、それは私の前だったからだろう。

きっと事件のことを話し合うに違いない。京介も学も裏でなにかこそこそやっていて、私には詳しいことは教えてくれないのだ。

「まずはふたりの役に立てるよう元気にならなきゃ」

甘えてばかりはいられない。

スカーフを畳んで紙袋に入れていたら、突然クラッと眩暈がして目が霞んだ。

壁にもたれると、ズズッとしゃがみ込んで額に手を当てる。

「またたわ。……なにかストレスかしら」

同窓会あたりから目が霞んだりボヤけたりする。最近は頻繁に起こっていて、もうこれは気のせいではないと思った。

一度眼科で診てもらおう。

目を何度か瞬くと、少しずつ霧が晴れるように視界がクリアになった。

ちょっとホッとしてフーッと息を吐いていると、コンコンとノックの音がする。

「はい」と返事をしたら、片桐が入ってきた。

「失礼します。なにか手伝いましょうか……って大丈夫ですか？」

私がしゃがみ込んでいるのを見て、彼が心配そうに声をかけてくる。

「床に落ちたスカーフを拾おうとして自分の足に躓《つまず》いただけ。私ってドジね」

ハハッと笑ってごまかしたが、片桐はすぐに駆け寄ってきて私に手を貸す。

「無理しないでください。少し休んだ方がいいのでは？」

「充分休んだの。だから身体がなまってるのよ。やっぱり適度に動かないとね」

陽気に言っても、片桐はまだ心配そうな顔をする。

「葵さん……」

「みんな私を甘やかすから太っちゃって困るわ」

なんとか元気にみせようと自虐的に笑えば、片桐が強く私の手を握ってきた。

「このまま芹沢さんと結婚して本当にいいんですか？」

「え？　どういう意味？」

突然彼の口から京介の話が出てきて、戸惑いを隠せなかった。

「彼はあなたが前の社長の介護をしていた時、一度も会いに来なかった。そんな薄情な人が、あなたを幸せにできるとは思えません。見合いを受けたのも、芹沢さんが態度をはっきりしなかったからなのでは？」

彼は事情を知らないから、京介のことをいろいろ誤解している。

そもそも京介との婚約を決めたのは見合いを台無しにされた後だし、それ以前も彼と恋人関係ではなかった。

でも……片桐に本当のことは言えない。

「彼も大変だったの。だから、途中で仕事を投げ出すような真似はしてほしくなかったのよ」

京介のことを悪く言われるのが嫌で必死にそう取り繕っていたら、京介と学が戻ってきた。

「葵……？　どうかしたのか？」

「姉さん？」

私が片桐に支えられているのを見て、ふたりが強張った表情で聞いてくる。

「ちょっと躓いて転びそうになっただ──」

なにかと心配性なふたりを安心させようとしたら、言い終わる前に京介がスッと来て、片桐から遠ざけるように私の肩を抱いた。

「危なっかしいな。もう荷物まとめた？」

「……あと、アクセサリーをケースにしまうだけ」

京介に説明しながら片付けを済ませると、彼が私の荷物が入った紙袋を手にする。

「それじゃあ、行こう」

「あっ、うん。学、片桐、またね」

京介が私の肩を抱いたまま部屋を出ていこうとするので、慌てて学たちの方を振り返って言う。でも、京介は足を止めてくれなくて……。

「ちょっと京介、どうしちゃ――」

「俺以外の奴に触らせるなよ」

エレベーターに乗るなり、急に彼が噛みつくようなキスをしてきて、目を見張った。

「……んん！」

強く抱きしめられたので、少し苦しい。

――独占欲剥き出しな激しいキス。

こんな衝動的な行動は彼らしくない。

でも、私が彼の腕をギュッと掴むと、今度は優しく口づけてきた。

柔らかくて、甘い――。

チンと音がしてエレベーターが一階に着き、ハッと現実に戻る。

「俺の婚約者なのに学の秘書に触らせすぎだ」

京介がちょっとムスッとしながら注意してきて、わけがわからずキョトンとする。

「え？」

私の反応を見て、京介がやれやれと盛大な溜め息をついた。

「だから、他の男に触らせるなって言ったんだよ」

「え？　あっ、ごめんなさい」

つい条件反射で謝ったけど、京介が気にするほど片桐に触られた覚えはなかった。

躓きそうになったのをただ支えてくれただけだ。

もしかして……片桐に嫉妬してる？

ううん、それは天と地がひっくり返ってもないわね。京介は人に執着しない。

彼と身体を重ねたのだって、長崎に泊まったあの夜だけ。『元気になったら嫌というほど抱いてやる』なんて言ったけど、もう元気になったのに、彼が私を抱く気配はない。同じベッドで私をただ包み込むように抱きしめて眠るだけだ。

長崎の時はお祭りのムードにお互い気分が盛り上がって、そういう雰囲気になったのかもしれない。

こっちは毎晩ドキドキしながらベッドで寝ているのに、全然手を出してくれないんだもの。

大事にしてもらってはいるが、愛されていると勘違いしてはいけない。私に優しいのは、事件の責任を感じているから。……だから、京介が片桐に嫉妬するなんてありえない。

さっきのキスはマーキングのようなもの。オスが自分の縄張りを荒らされるのを嫌がったってところだろう。

最初は同情でもいい。毎日一ミリずつでもいいから私のことを好きになってほしい。

京介と車に戻ると、助手席に座っていた春斗さんがルームミラーを見てニヤリとした。

「京介、唇になんかついてる」

春斗さんの指摘に京介は何事もなかったように「ああ」と言って手で唇を拭ったけど、私は青ざめた。

は、春斗さんに絶対キスのことバレてるわ。

私が動揺している間に車は発進し、いつの間にか芹沢製薬の研究所に着いていた。

先に車を降りる春斗さんを見て、横でシートベルトを外している京介に声をかける。

「仕事があるなら、私は車で待ってるけど」

午後は京介に付き合うというのは、仕事のことなのだろうか？

「いや、仕事じゃないから、葵も降りて」

言われるまま車を降りて京介と春斗さんの後をついていくと、春斗さんが十階建てのビルの前で立ち止まった。

「俺はちょっと仕事があるから、ふたりは楽しんできて」

楽しむってなにを？　研究所の周辺を散策でもするのだろうか？

都内だというのに、ここは自然がいっぱいで竹林や川もある。ビルや研究所を囲っている高い塀がなければ、自然公園だと皆思うだろう。

「ああ。春斗は用事が終わったら先に帰っていい」

京介は春斗さんにそう返して私の腕を掴み、ビルとは別方向に向かう。しばらく歩くと、弓道場が見えてきて驚いた。

「研究所に弓道場があるの？」

「うちに弓道部があって、俺も中学の頃からここで練習してたんだ」

京介の話を聞いて納得する。

「だからうまかったのね。弓道場、懐かしい。弓また引きたいわ」

大学を卒業してから、弓には一度も触れていない。

「引けばいいじゃないか。そのために連れてきたんだ」

京介の言葉でハッと気づく。

「春斗さんが楽しんできてって言ったのは、弓のことだったのね」

「そういうこと」

弓道場には五十代くらいのおじさんがいて、京介の顔を見るとペコリとお辞儀をしてどこかに消えた。

「あの男性は？」

京介に尋ねたら、「弓道場の管理人」と淡々と答える。

入り口で靴を脱いで、彼は射場の隣の和室に私を連れていく。

中には男女別の更衣室やシャワールームもあって、設備が整っていた。

和室に案内されると、風呂敷包みがふたつ置いてあった。ひとつは紺色で、もうひとつは紫。

「紫の包みは葵の。これに着替えて」

「あっ、うん」と返事をして風呂敷の中を見ると、白の上衣、紺の袴、足袋、胸当てなど弓道衣が入っていた。

「わざわざ用意してくれたの？」

「葵が喜ぶと思って。それに一緒にやりたくなったんだ」

京介の言葉がとても嬉しかった。事件のこともあって、私を元気づけようとしてくれている。

「ありがとう」

上衣を胸にギュッと抱いて礼を言うと、彼が温かい目で微笑んで私に顔を寄せてきた。

「どういたしまして。弓道衣の着方忘れたなら、俺が着せるけど」

急に甘い声で言われて、ドキッとする。

「大丈夫……って、ここで一緒に着替えるの？」

男女別の更衣室があったじゃない。

「更衣室には部員の荷物が置かれていてね。部員以外はこの部屋を使うように言われてる」

「……そうなのね」

同じ部屋で一緒に着替えるのは、なんだか恥ずかしい。

「ひょっとして恥ずかしいのか？　お互い一糸まとわぬ姿を知ってるのに？」

彼が長崎の夜のことを仄めかしてきたものだから、激しく狼狽えた。

「ちょ……誰かに聞かれたらどうするの！」

シーッと人差し指を唇に当てて注意する私を見て、彼がクスッと笑う。

「大丈夫。ちゃんと人払いしてるから。ほら、着替えよう」

トンと肩を叩かれたので、「着替えるまでこっちを見てはダメよ」と念を押す。

「鶴の恩返しみたいなセリフ」

おもしろそうに目を光らせながらも、彼は私をじっと見てからかうことはせず、慣れた様子で着替え始めた。

「帰国してからすぐに弓道を？」

「ああ。さすがにあっちに弓道場はないから、帰国した次の日にここに来てた。やっぱり弓道やってると、心が落ち着く」

彼は私以上に弓道が好きなのだろう。きっとアメリカにいた時もずっとやりたくてうずうずしていたに違いない。

「私を誘ってくれればよかったのに」

「だから今誘ってる」

私よりも早く着替え終わった京介がフッと微笑し、部屋の壁側にある弓立てを指差すと、私に目を向けた。

「葵用の弓もここに用意してある」

「ま、まだ着替え中」

抗議するように言うと、彼が顔を背けて苦笑いする。

「はいはい。うちのお姫さまは本当に恥ずかしがり屋だね。学に着替えとか見られたりしなかった？　……って、弟でも他の男に見られるのは嫌だな」

その発言に少し動揺したけれど、すぐに冗談だと思って軽く受け流す。

「学に嫉妬？　京介らしくないわね。もう見てもいいわよ。やっぱり弓道衣を着ると、気が引き締まるわ」

「……俺も普通の男だ。嫉妬くらいする」

京介が急に表情を変えて私の右手を掴むと、私の中指にあるペンダコに触れてきた。

それは、学生時代に漢字や英単語を必死に書いてできたもの。

私は物覚えがいい方ではなかったから、勉強も人一倍努力した。周りは私のことを才女と思っているようだけど、それは勝手なイメージだ。

彼がペンダコを親指の腹でゆっくりとなぞる。たったそれだけの動きがなぜか色っぽい。

「きょ……京介？」

顔の熱がカーッと上がるのを感じながら、上目遣いに彼を見る。

「このペンダコにも触れられたくない」

「……このタコ、地味にコンプレックスなのよ」

できるなら、綺麗に消したかった。

指を隠そうとするが、彼が強く握ってきて、心臓がバクバクする。

「どうして？　葵が勉強を頑張った証じゃないか。それに、このペンダコを知ってるのは俺だけだろう？　だとしたら優越感を覚えるな」

ペンダコのことは自分しか知らないと思ってた。まさか京介に気づかれていたなんて……。

あまり人に見られたくないものだったけれど、今初めてペンダコが誇らしく思えた。

ああ……京介は私の努力を認めてくれる。

「ペンダコ見て優越感を覚えるって……京介って変態なの？」

照れ隠しに京介を弄れば、彼は私のペンダコにチュッとキスをして、至極楽しそうに微笑んだ。

「葵に変態って言われるのはなんだか新鮮だな」

目がとっても甘い。学生時代はこんな空気にならなかった。私の射を見てもらっていた時はスパルタだったし。

他の女子部員には終始にこやかに接していたのに、私との居残り練習では『全然ダメ』『姿勢がなってない』と、ズケズケ言って厳しかった。

あっ、でも……いい射の時は、極上の笑みを浮かべて褒めてくれたわね。

『今の射、最高。もう一本！』って──。

「さあ、話はこのくらいにして始めよう。ここにふたりでいると、葵に手を出したくなるから」

そんな冗談を言う彼をじっとりと見て、ボソッと呟いた。

「言うだけで手なんか出さないくせに」

「ん？　なにか言った？」

「ううん、なんでもないわ」

首を傾げて私に問いかける京介にニコッと笑顔を作ってごまかすと、射場に向かう。

なんだかワクワクする。京介の弓道衣姿はとっても素敵で、そこにいるだけで絵になる。

学生時代、モテモテだった彼を今独占しているのだ。もう舞い上がってしまいそうなくらい嬉しい。

この時間は決してお金では買えないもの。それに、やっぱり射場の空気がいい。凛としていて、心が浄化されるような感じがする。

大学を卒業してもう弓に触れることはないと思っていたのに、京介がこうして機会を作ってくれた。彼に感謝しないと。

「まずは練習しようか」

「そうね。初めて扱う弓だし、なによりブランクがあるから。まずは京介のお手本が見たいわ」

京介にそうお願いすると、彼は笑顔で応じた。

「了解」と言って彼は弓を構えるが、一連の所作が凛々《りり》しく、それでいて美しくて見入ってしまう。

彼には戦国武将のような雄々しさがある。一度狩装束で馬に乗って流鏑馬《やぶさめ》をやってほしい。

京介が弓を射るとヒュンといい音がして、矢は見事的の中央を射抜いた。

「お見事。私も京介みたいに弓を引けたらいいのに」

「葵には葵のよさがある。次は葵の番だ」

京介に言われ、矢を手に取って弓を構えるが、目が霞んで的がぼやけた。

……まただ。

大きくまばたきをする私を見て、京介が怪訝な顔をする。

「どうかした？」

「ま、まつ毛が目に入ったのかと思って」

京介に余計な心配をかけたくなくて咄嗟に嘘をつくと、彼が顔を近づけて私の目を覗き込んできた。

「どれ？」

唇が触れそうな距離に彼の顔があって、思わず息を止める。か、顔を近づけるなら近づけるって言ってよ。

予告なしに接近されると、エレベーターでのキスを思い出して心臓がおかしくなりそうだ。

「まつ毛は入ってないようだけど……。葵はまつ毛が長いからな。目に刺さったのかもしれない」

真面目な顔でそんな説明をしてくるが、こっちは心臓がドキドキして彼の言葉が頭に入ってこない。

彼の顔がドアップで視界に入ってきたのがいい刺激になったのか、視界がクリアになった。

とにかく離れてくれないと、集中できないんですけど。

「……もう大丈夫。なんともないわ」

うつむき加減に言って京介の胸をトンと押したら、彼は軽く笑って私から離れた。

「それはよかった」

改めて弓を構えると、早速指導を受けた。

「葵、肩が上がってる。あと力みすぎ」

「はい」と返事をして修正し、集中して的を見つめる。昔の感覚が蘇《よみがえ》ってきて、その流れに身を任せて弓を引いた。

シュッと耳の横で音がして、矢が飛んでいく。

しかし、京介ほどの速さはなく、的にも当たらなかった。

「やっぱり一回じゃ的に当てるのは無理ね」

外れた矢を見て苦笑いする私を京介が慰めた。

「射型はいい。練習すればそのうち当たる。ほら、もう一本」

「はい」

的を見据えてスーッと息を吸い、頭を真っ白にしてゆっくりと構え、弓を引いた。

まっすぐ飛んでいく矢。

今度は力みなくしっかり引けた。

京介が言うのと同じタイミングでスポッと矢が的を射抜いて、思わず笑みがこぼれる。

「いい射だ」

「当たった」

快感というか、心も身体も気持ちがいい。これだから弓道に魅せられるのよね。

「今の感じ忘れずに」

京介と目を合わせ、微笑み合う。

ああ、なんだか昔に戻ったみたい。でも、あの時とは私も京介も違う。

「勝負するか？」

京介が余裕顔で聞いてきて、彼の目を見て頷いた。

「受けて立つわ」

互いに交互に四本矢を放って、勝負の結果は京介の勝ち。負けたけど、とても楽しい時間だった。

人生最悪の日

「今日も遅いんでしょう？」

玄関で靴を履く京介に尋ねると、彼は私を見てコクッと頷いた。

京介を迎えに来た春斗さんは、ドアの前で待機中。

時刻は午前八時三十分。

「ああ。会合とかいろいろあって。深夜になると思うから、先に寝てていい。俺も葵のお父さんの墓参り一緒に行きたかったんだけどな」

京介と弓道をした日から一カ月経った。彼は毎日出社するようになり、平穏な生活が戻ってきた。

義母はというと、事情聴取を受けたものの錯乱してそのまま長野《ながの》のとある精神病院に入院。刑に服することはないが、病院から出てくることは当分ないだろうと京介は言っていた。

「法要じゃないから気にしないで」

お盆に墓参りに行こうとしたのだけど、台風で行けなくて結局八月の終わりになってしまった。京介は都合がつかず、とても残念がっている。

無理もない。彼は財団の設立や海外の製薬会社の買収も進めていて超多忙なのだ。

「あまり学の秘書を近づけるなよ」

「そんな心配しなくても大丈夫よ」

笑って返したら、京介がスーッと目を細めて私を見る。

「自分がモテるって自覚ある？」

そんな自覚があれば、高校の時にあなたに告白していたわ。

モテてるのはそっちでしょう？

「その言葉、そっくりそのまま京介にお返しするわ」

少しムッとして言い返す私に、彼がドヤ顔で言う。

「俺はモテてる自覚あるけど」

モテているのは事実なのだけれど、否定しないのがなんだか悔しい。

じっとりと京介を見ていたら、春斗さんが遠慮がちに声をかけてきた。

「あの……俺も一応いるんですけど」

「あっ、春斗さん、ごめんなさい」

すっかり存在を忘れてた。

思い出したように言って謝る私を見て、彼がハハッと苦笑いする。

「完全にふたりの世界だったよね。ま、いいんだけど。あ～、俺も綺麗な婚約者欲しいな」

「お前、一生結婚しないとか言ってなかったか？」

「それは京介も同じだろ？」

「そうだっけ？」

ふたりがいつものように言い合っていたら、私のスマホが鳴った。画面を見ると、学からのメッセージ。

【京介さんのマンションの前にいる】

「あっ、学が来たみたい」

京介もスマホの画面を覗き込み、ポンと私の肩を叩く。

「待たせるといけないから早く行こう」

玄関を出て、エレベーターで一階に下りてマンションを出ると、黒塗りの社用車が二台停まっていた。手前に停まっている方がＦＵＪＩＭＩＹＡの車で、私の姿を見て学と片桐が車から降りてきた。

「京介さん、おはようございます」

学が挨拶し、その横で片桐が軽く会釈をする。

「おはよう。今日は葵を頼むよ」

京介がふたりににこやかに挨拶すると、片桐が当然のように返した。

「頼まれるまでもないですよ。葵さんは藤宮家の人間ですから」

なんだろう。京介と片桐の間に火花が散っているように見えるのは、気のせいだろうか。

ふたりを交互に見ていたら、京介が私の耳元で囁いた。

「他の男には触れさせないように。行ってくる」

念押ししてきたと思ったら、私の髪にチュッとキスをして車に乗り込む。

呆気に取られてしまい、京介に『行ってらっしゃい』と言えなかった。

春斗さんはおもしろそうに目を光らせて車に乗ったけど、学と片桐の視線をひしひしと感じた。

もう、もう、もう！　この空気、どうしたらいいのよ、京介〜。

「さあ、行きましょう」

必死に平静を装って学たちに声をかけると、私もＦＵＪＩＭＩＹＡの社用車に乗り込んだ。

車は多摩《たま》にある霊園に向かう。

「新婚みたいな雰囲気だったね」

学がクスッと笑って京介とのことを弄ってきたけど、照れるというよりは申し訳ない気持ちになった。

「……ごめん」

学はお義母さんのことだってあったのに、私だけ浮かれていた。

「どうして謝るの？」

「だって学はずっとつらかったでしょう？」

「姉さんが笑っててくれれば、僕はそれでいいよ」

私のことはいいから、もっと自分の幸せを考えてほしい。

「シスコンって言われない？」

「京介さんに何度も言われてるよ。だから、たとえ京介さんでも、姉さんを不幸にしたら許さないけど」

冗談ぽく言ったけど、その目は笑っていなくて、我が弟ながらちょっと怖かった。

「あっ……そうそう、京介が新しく財団を作るから、私もその財団の仕事を手伝うことになったの」

思い出したようにそんな話をすれば、学が目を細めて微笑んだ。

「へえ。それはよかったじゃない。京介さんのところなら安心だしね」

霊園に着くと、藤宮家の墓に線香をあげて手を合わせた。

あれ？　今日はあまり線香の匂いがしないよう……な。線香が古いのかしら？

じっと線香を見ていたら、学が怪訝な顔をして聞いてきた。

「姉さん、どうかした？」

「ううん、なんでもない」

ちゃんと火がついてるし、私の気のせいね。

小さく頭を振ると、改めて手を合わせる。

お父さん、学を守ってあげて——。

心の中で祈ると、学がジーッと私を見ていた。

「どうせ僕のことを父さんに頼んでたんじゃないの？」

「当然よ。そういう学だって、私のことをお願いしたでしょう？」

「姉さんはいろいろひとりで抱え込むからね」

学がちょっと説教モードでそんな恨み言を口にすれば、そばにいた片桐がコクコク頷いた。

「本当に」

……なんだか二対一で分が悪いわ。

「暑いし、そろそろ帰りましょう。マンションに送らなくていいから、病院に寄ってくれない？」

「いいけど、どこか悪いの？」

「ちょっと目が霞むから、目薬を処方してもらおうと思って」

お墓参りのついでに行くなら京介にバレずに済む。事件があってから彼は過保護になっていて、目が霞むと言うだけで大騒ぎされそうだから内緒にしていた。

本当はもっと早く行くつもりだったが、いつも症状があるわけじゃないからズルズルと今日まで来てしまった。

父が入院していた大学病院に着くと、私だけでなくなぜか弟も車を降りた。

「目薬を処方してもらうだけよ。どうしてついてくるの？」

「あの事件もあったから、姉さんをひとりにはできないよ。それに、父がお世話になった先生にも挨拶しておきたいから」

考えてみると、京介と婚約してからひとりで外出していない。必ず誰かがそばにいる。自由に出歩けなくてストレスが溜まるが、仕方がない。

京介も春斗さんも学も、私があの事件に遭って、罪悪感を抱いている。みんなつらそうな顔で私を見て……。もうあんな顔はさせたくない。

「わかったわ」

ハーッと溜め息をついて、予約してあった眼科で診てもらう。

目の疲れですね……と軽い感じで言われるかと思ったのだけれど、先生の表情は曇っていて、「これは脳神経外科で診てもらった方がいいですね」と告げられた。

え？　脳神経外科……？

予想外の言葉に、頭が真っ白になる。

眼科の診察室を出ると、前にある長椅子に座って学がスマホを見ていた。私に気づき、「どうだったの？」と聞いてくる。

「脳神経外科に行ってくれって言われちゃった」

動揺を悟られないよう笑顔を作るが、顔が引きつっているのが自分でもわかった。

「とにかく早く診てもらおう」

学が私の手を引いて、早足で脳神経外科に連れていく。

診察してくれたのは、父を看取ってくれた先生だった。

挨拶するだけのはずが、診てもらうことになるなんて思わなかった。

まず私がひとり診察室に入ると、先生が症状を確認してきた。

「一カ月以上前から目が霞んで、最近は嗅覚にも異変を感じているとのことですが」

「はい。あの……私も父と同じ病気でしょうか？」

ドッドッドッと心臓の鼓動が大きくなるのを感じながら、恐る恐る聞く。

「いや、それとは症状が違います。ただ、脳のどこかに問題がある可能性が大きい。検査をして調べてみましょう」

先生は私の予想を否定して、静かな声で言う。

父と同じ神経系の病気ではなさそうでちょっとだけホッとしたけれど、まだ不安は拭い去ることができなかった。

ＭＲＩなどの検査をすることになり、大きな検査装置を目にしただけで身体がガチガチに緊張した。学も検査室の前までついてきて、私に「大丈夫。僕もいるから」と優しい言葉をかけてくれる。多分私の動揺が伝わっていたのだろう。

検査を終え、先生に「一週間後に検査結果がわかるので来てください」と言われて診察室を出ると、深刻な顔をして待っていた学に笑ってみせた。

「結果は一週間後ですって。きっと大したことないわよ。最近いろいろあったからそのストレス」

「……京介さんに話したら？」

「彼は今大変な時期なの。まだ結果もわからないし、京介には言わないで」

会社の買収や財団の設立、それに父親の代理で会社のトップとしての仕事も多く抱えている。もう余計な心配はかけたくない。

「わかった。その代わり、来週も僕が付き添うから」

父の病気のこともあって心配なのだろう。

「うん。多分大したことないだろうけど……ごめんね。学だって忙しいのに」

「姉さんはそんな心配しなくていいよ」

学とそんなやり取りをして、マンションに送ってもらう。

片桐には学も私もなにも言わなかったけど、ただならぬ空気は察していたようで、学と一緒にマンションのエントランスまで送ってくれた。

京介の部屋に帰り、リビングのソファに座ると、バッグの中のスマホがブルブルと鳴った。スマホを手に取ってみれば、京介からのメッセージ。

【もう家にいる？　来週、一週間ほどアメリカに行くことになった】

一週間……。長いわね。

やはり彼の顔が見られないのは寂しい。今だって彼が仕事で忙しくて、一緒にいる時間はかなり減ってしまった。夜は同じベッドで寝ているから安心感を得ていたけど、それもなくなるとなるとつらい。

【今家に着いたところ。これからご飯作ろうと思って】

本当は食欲なんてなくて、ご飯を作る気もない。でも、どう返事を送っていいのかわからなかったから、咄嗟にそんなメッセージを打った。

【俺も葵の作ったご飯食べたいな。懐石とか飽きた】

京介のボヤキがいつもならかわいく思えただろう。だけど、今は涙がこぼれてくる。

手で涙を拭いながら文字を打って送信すると、スマホを置いてしばし放心した。

【頑張ってね】

どれくらいそうしていたのか。

時間が経ってもなにも食べる気にならず、シャワーを浴びてベッドに入るが、全然眠れない。身体も冷え切ってしまったように感じる。

何度も寝返りを打っていると、ガチャッと玄関のドアが開く音がした。

京介が帰ってきたけど、今顔を合わせるのはつらい。疲れている彼の前で不安を口にしてしまいそうだ。

そのままベッドで寝たフリをしていると、京介が寝室に来て、私の頭にそっと触れた。
この上なく優しく、そして甘い声。
「ただいま」
彼に抱きついて甘えたくなったが、なんとかこらえた。
京介を困らせてはいけない。
それからすぐに彼の気配は消え、一時間ほどして寝室に戻ってきた。
彼はベッドに入ると、背後から私を抱きしめてくる。
その逞しくて優しい腕に不安が和らいで、少し眠くなってきた。
不思議。彼は魔法でも使えるのだろうか？
やっぱり京介の腕の中が一番安心する。
神様、私に元気をください——。
明日の朝は、ちゃんと彼に笑顔で『おはよう』と言いたいから。
京介の温もりに包まれて、そのまま静かな眠りに落ちていった。

一週間後——。
「痛い！」

バスルームを出たら、ドンと壁にぶつかった。

「どうした？」

音にビックリして京介が寝室から小走りで駆けつけてきたので、肩を押さえて苦笑いする。

「慌ててたら、壁にぶつかっちゃった」

京介の前ではいつも通り振る舞っているけど、目の症状はさらに悪くなっていた。目が霞むことが増えたし、視野も狭くなってきている。そのせいかよくドアや壁にぶつかった。

おまけに嗅覚もおかしくなったようで、香水やハンドクリームの匂いを感じにくくなった。だから、つけすぎるのが怖くて香水はつけなくなった。一緒に住んでいるのだから、私が香水の匂いをぷんぷんさせていたら、京介が真っ先になにかおかしいと気づくだろう。

幸いなことに京介の仕事が忙しくて、お互い朝ちょっと顔を合わせるだけ。私の異変にはまだ気づいていない。

「気をつけろよ。怪我でもしたら大変だ」

私の頭を撫でながら注意する彼に、先手を打っておく。

「うん。そそっかしくてごめんなさい。ビックリしたわよね？」

私がちょっと抜けている性格だと思わせておけば、病気とは思われない。

「あんな大きな音がしたらそりゃあビックリするよ。葵はもう準備できた？　学が迎えに来るんだろう？」

「ええ。もうすぐ着くと思うわ。財団のお仕事手伝えなくてごめんね」

実は今週から財団の仕事をする予定だったのだけど、病気のこともあって先に延ばしてもらった。

「いいよ。学だって葵の力を借りたいんだろうから」

京介には、『新しいブランドの発表会があるから、ちょっと学に頼まれて助っ人に行くことになった』と説明した。病院の検査結果が出るなんて言えなかったのだ。嘘をついて病院に行くのは罪悪感を覚えるけど、仕方がない。

「今日も会食があるの？」

予定を聞くと、彼はハーッと溜め息をついた。

「会食ではないが、ちょっと夜は約束が入ったから今日も遅くなる」

気が重くなるような相手なのだろうか？　でも、如才ない京介ならうまく乗り切れるはず。

今夜も彼の帰りが遅いのは寂しいけど、その方がいいのかもしれない。脳の検査結果次第では、私は普段通りに振る舞う自信がないから……。

「そう。明日のアメリカ出張の準備はできてるの？」

「まだだけど、何着か服を詰め込むだけだし、足りないものは現地で調達する。できれば葵も一緒に連れていきたいけど……」

日本に残していくのは心配だと言わんばかりに私をジーッと見つめてくる彼の肩をポンと叩いた。

「仕事の邪魔になっちゃうもの。京介がアメリカ出張中は実家に帰ってるわ」

「まあその方が俺も安心かな」

明るく笑う私を見て京介がゆっくりと相槌を打つと、玄関のインターホンが鳴った。

「あっ、春斗さん来たみたい」

すぐに玄関に行こうとしたら、京介に止められた。

「俺が出るよ。転ばれては困るから」

京介が玄関のドアを開けると、春斗さんがいつものように現れた。

「おはよう。学さんも表で待ってたから連れてきたよ」

「おはようございます」

春斗さんの後ろから学が顔を出すけど、その表情は固い。

「おはよう。学、ちょっと顔色悪くないか？」

京介が学を見て心配そうな顔をする。

「昨夜遅くまで仕事してたので寝不足なんですよ」

多分私のことを考えて眠れなかったのではないだろうか。

「あまり無理するなよ」

京介がポンと叩くと、学は笑って返した。

「京介さんに言われてもね。最近ずっと帰りが遅いみたいじゃないですか」

病院のことで連絡を取り合っていたから、京介の状況は学も知っている。

「まあそうだが、葵が学に愚痴ってるのか？」

「寂しいって言ってますよ」

学がチラッと私を見てとんでもないことを言い出すので、ギョッとした。

「い、言ってないわよ。そんなこと」

ブンブンと首を横に振る私を見て、京介がクスッと笑う。

「葵、動揺しすぎ」

「してないわ」

わざとツンケンした態度で否定する私の肩に、彼がそっと手を回してきた。

「そういうことにしとく」

エントランスに行くと、京介から離れて口角をキュッと上げて笑顔で声をかける。

「行ってらっしゃい。あまり無理しないでね」

ちゃんと笑えているだろうか？　どうか私の演技に騙されて。お願い……。

「行ってくる。葵も無理するなよ」

京介は車に乗り込もうとしたけど、なぜか急に振り返って私を強く抱きしめてきた。

「京介？　どうしたの？」

学たちにわざと見せつけるような感じではなく、なんというか衝動的。

「……ちょっと充電。もう少しだけこのまま。……そういえば、最近、香水つけなくなったな。まあ、つけなくてもいい匂いだけど」

触れてほしくないことを言われて、ギクッとする。

彼が香水のことに気づいているなんて思わなかった。なんとかごまかさないと。

「い、今の香水に飽きてきたの。ほら、みんなが見てるわ」

学や春斗さんの視線を感じて小声で注意するが、彼はあまり動じない。

「俺は全然構わないけど、もう時間がないから仕方ない」

とても名残惜しそうに京介は抱擁を解くと、私が車に乗り込むのを見て軽く手を振る。

なんだか今からアメリカ出張に行くみたい。なにか感づかれただろうか？

ううん、大丈夫のはずだ。笑わないと……。

私も笑顔を作って手を振り返すと、車が発進した。もう京介は車に乗ったかと思って振り返ったら、彼はまだ私を見送っていた。

その姿を見て、なんだか悲しくなる。

今朝起きた時から身体が重く感じたけど、それがひどくなった。病気のせいなのか、緊張のせいなのかはわからない。

検査結果を聞いても、私は京介の前で笑えるかしら……？

頭の中は、不安でいっぱいだった。

病院に着いて脳神経外科に向かうと、学と一緒に診察室に入る。先生のデスクに私の脳のＭＲＩ画像があって、怖くて少し寒気がした。

ここから逃げ出せるものなら逃げ出したい。

「どうぞ座ってください」

先生の声にすぐに反応できず、学に優しく促された。

「姉さん、座ろう」

コクッと頷いて学と並んで椅子に腰かけると、先生が口を開いた。

「検査の結果ですが、脳の一部が壊死して、視覚神経と嗅覚神経に異常が見られます。このままでは病気が進行して身体が動かせなくなり、いずれ心臓も止まるでしょう。一種の難病です」

その話を聞いて、ゴクッと唾を飲み込んだ。

私……死ぬの？

ショックでなにも言葉が出なかった。

「先生、なにか助かる方法はないんですか？」

黙っている私の代わりに、学が動揺した様子で先生に尋ねる。

「手術で壊死した部分を取り除けば、一時的に回復が見込めます。しかし、病気の進行を遅らせるだけで、完治はしません。また、壊死は記憶を司る海馬の近くにも広がっていて、手術で記憶をなくしてしまう可能性もあります」

「そんな……」

先生の話を聞いて、学が言葉を詰まらせる。

父が難病と診断された時の私みたい。

ぼんやりとそう思う自分がいる。まるで悪夢を見ているようだ。

「寝たきりとなって死を待つか、記憶をなくすがしばらく元気でいる方を選ぶか」

先生が示した選択肢はどちらも残酷で、底なし沼に突き落とされたような感じがした。

「記憶はすべてなくしてしまうんですか？」

弟がショックを受けた様子で質問を続けると、先生は医者らしく淡々と答える。

「手術をしてみないとなんとも言えません。開頭して壊死が予想以上に広がっている可能性もあります。過去の術例からすると極端な話、数日の記憶だけなくす人もいれば、自分の名前もそれまでの記憶もすべてなくしてしまう人もいます」

「……手術しなかった場合、どれくらい生きられるんですか？」

学は少しためらいながらも、冷静に私に起こりうる事態を確認する。

「過去の症例では一、二年ほど。そのうち目も見えなくなり、歩くこともできなくなるでしょう」

先生の言葉は、死刑宣告に聞こえた。

手術をしなければ、私の余命は早くて一年。

衝撃が強すぎて、診察室をどうやって出たのか覚えていない。いつの間にか車に乗っていた。

なにもしなければそのうち目が見えなくなって……歩けなくなる。想像するだけで怖かった。

いつの間にか車は同窓会をしたホテルの前に停まっていた。

「さあ、姉さん降りよう」

学にトンと肩を叩かれたけど動けず、見かねた弟が私のシートベルトを外す。

「ほら、ちょっとなにか飲み物でも飲もう。喉渇いただろ？」

確かに余命宣告のショックもあって、異様に喉が渇いている。

学と一緒に車を降りて向かったのはラウンジ。庭園が見える席に着くと、すぐに早紀が現れた。

「葵〜！」

「早紀……」

私と学のいるテーブルに取り乱した様子で走ってきて、席に着く。

「ごめん。僕が呼んだんだ。詳細は話してないけど、病気だとは伝えてる」

弟の説明を聞いて、小さく頷く。

「そう」

多分私を元気づけたかったのだろう。

「葵、顔真っ青よ」

早紀が私の横に座り、じっと顔を見つめてくる。

「うん。……早紀、私……余命宣告されちゃった。手術しないと早くて一年で死ぬらしいの」

ハハッと乾いた笑みを浮かべ、病気のことを打ち明ける。大事な親友には包み隠さず伝えようと決めた。

こうして話をしている間も目が霞んできて、先生の診察は本当なんだと思わずにはいられない。

「……葵」

早紀が目を潤ませ、私の手を握ってくる。

「目が見えにくくなってきて、今も早紀の顔がボヤけて見えるの。同窓会の頃から異変を感じてた。手術したら……記憶をなくすかもしれない。それに、進行を遅らせるだけで、完治はしないらしいの」

今までの自分がなくなるような気がして怖かった。手術をしてどれだけ生きられるのか。学のことも早紀のことも、そして京介のことも忘れてしまうかもしれない。

に言う。

早紀が私の手をギュッとしてそう言えば、学も私を真っ直ぐに見つめて励ますよう
「記憶をなくしたって……葵は葵だよ。私は葵に少しでも長く生きてもらいたい」

「そうだよ。姉さんが僕の姉さんであることに変わりはない。記憶をなくしたとして
もそばにいる。病気を治す薬だってそのうちできるかもしれない」

「早紀……学……」

ふたりの言葉を聞いて、少し前向きになれた。

私が記憶をなくしてもふたりはそばにいてくれる。医学は日々進歩しているし、治
療法だって見つかる可能性があるはず。

「姉さん、手術を受けよう。大丈夫。今度は僕が支えるから」

「うん……」

学に説得され、ゆっくりと頷いた。

「京介さんにも話そう。彼だって力になってくれる」

「……そうね」

ずっと黙っているわけにはいかない。隠していてもいずれバレる。

今日の彼もちょっと様子が変だったし、やっぱり私の異変になにか気づいているの

かもしれない。

その後、食欲はあまりなかったけれど、ホテル内のレストランに移動して食事をする。学と早紀がいたお陰で少し気が紛れた。

もし今ひとりで京介のマンションにいたら、自分の病状に悩んで苦しんでいただろう。

たとえ記憶をなくしたって、私は私だ。完治はしなくても、一年で死ぬよりはいい。諦めずに希望を持つんだと、自分に強く言い聞かせる。

レストランを出てエレベーターホールに向かおうとしたら、数メートル先に京介がいるのに気づいた。

彼は女性連れだった。仕事だと思ったのだけど、そうではないらしい。

女性の肩を優しく抱いていて、声をかけられなかった。

ふたりはそのままエレベーターに乗り込むが、その時同伴の女性の顔が見えた。

玲香先輩……！

ふたりは客室棟のある上の階行きのエレベーターに乗った。

「今の京介さんと……岸本先輩？」

学が驚いた様子で聞いてきたけど、あまりに気が動転していて答えられなかった。

自分の中で、なにかがガタガタと音を立てて崩れていく。

やっぱりふたりは恋人同士だったのね。

京介が私に優しくしてくれたのは、愛情ではなく同情だったんだ。

玲香先輩がいるんだもの。この先も私を愛してくれることはない。

「私って……馬鹿ね」

精神的なショックがダブルできて、身体がブルブルと震えた。

人生で最悪な日だ。私のすべてが灰色になった気がする。

「葵……」

早紀が気遣わしげに声をかけてくるが、平気なフリなんてできなかった。

彼女もなにかの間違いだなんて気休めの言葉も口にしない。それだけ決定的だということ。京介と玲香先輩はホテルで逢瀬を重ねる仲なんだって――。

そういえば、今朝京介は『ちょっと夜は約束が入ったから今日も遅くなる』と言っていた。その相手が玲香先輩だったとは……。

嫌そうに溜め息をついていたのは、私を欺くための演技だったのかも。

そうよ。彼は演じるのがうまい。それは私がよく知っている。

「私……もう京介とは一緒にいられない」

くずおれそうになる私を早紀が支える。つらくて……それに胸が苦しくて、もう自分で立っていられなかった。

「葵、今日はうちにいらっしゃい。学くんもそれでいいわね？」

早紀が私を守るように抱いてそう告げると、学に目を向ける。

「はい。京介さんには僕から連絡を入れておきます」

学は早紀にそう返事をして私の肩に手を置くと、京介が消えたエレベーターの扉を睨みつけるように見やる。その目は、静かな怒りで燃えていた。


早紀の家で散々泣いた。涙がかれるまで泣いて、しばらくしてまた泣いて……。

余命宣告で精神が弱っているところに京介が玲香先輩とホテルの部屋に行くのを見て、自分の人生が真っ暗になったように感じた。

泣き疲れて寝たら、次の日になっていて……。

そんな私に、早紀はずっと寄り添ってくれた。

左手の薬指に光る婚約指輪。……愛の証ではなく、嘘の婚約の証。

もう京介の婚約者ではいられない。返さなくちゃ。

「早紀、付き合ってくれない？　京介のマンションの荷物、引き上げないと」

もう涙が出なくなると、マンションに荷物を取りに行く決心をした。

彼がアメリカ出張に行ったのは好都合だった。

早紀と京介のマンションに行き、スーツケースに服やアクセサリー、化粧品などを詰めていく。

服ひとつひとつに、京介との思い出がある。このピンクのワンピースは、見合いの時に着たものだった。

あの時、見合いを京介に邪魔されたのよね。

胸がズキズキと痛む。

今は悲しいけど、時間が経てばそのうち忘れる。それに、手術をしたら、記憶そのものがなくなるかもしれない。

最初、先生から話を聞いた時はショックだったけど、今はちょっと覚悟ができた。

記憶をなくした方が、きっと私は前向きに生きていける。

荷物を詰め終わると、最後に指輪を外してリビングのテーブルに置いた。

パソコンで打ってプリントアウトした手紙も用意した。

【好きな人ができたので、婚約解消します。葵】

これはビジネスレターだ。手書きの手紙なんて必要ない。

だって私たちの婚約はただの契約で、そこに愛はなかったのだから——。

身体を重ねたのは、長崎のあの夜の一回のみ。それが……彼が私を愛していないという答えなんだと思う。

彼が私を抱いたのはただの性欲。近くにいたのが私だっただけ。

少なくとも京介が欲したのは私の身体で、心までは求めていなかったし、私でなくてもよかったのだ。

どうせ余命宣告されたんだもの。もうどうでもいい。

芹沢京介の婚約者は、今日でお終いだ。

「さようなら」

最後に指輪に目を向けると、彼がその場にいないのに別れを告げた——。

絶対に死なせない　―　京介side

「ごめんなさい、京介。取り乱しちゃって。でも……どうしていいかわからなくて……」

玲香さんがソファに座り、泣きじゃくる。

葵が学とブランド発表会に出かけた夜、俺は同窓会があったホテルの客室にいた。レストランで食事をしていたら玲香さんが急に泣きだしたものだから、部屋を取ってまず落ち着かせようとしたのだ。

「それで姉さん、妊娠四カ月って……相手は誰？」

俺もソファに座ってハンカチを差し出すと、彼女がそれを受け取って涙を拭った。

世間には公表していないが、彼女は俺の腹違いの姉。父の愛人の娘で、長崎にいる祖母が俺と玲香さんを引き合わせた。高校から大学まで一緒だったし、社会人になっても連絡は取り合っている。取り合っているというか、玲香さんの相談に付き合わされているという方が正しいかもしれない。

玲香さんは一見清楚でしっかりした女性に見えるが、実際は男にだらしない。彼女は恋多き女。多分、それは生い立ちも関係しているのだろう。

俺と同じで父親の愛情を知らずに育ったから、他の男性の愛を求める。

まあ、普通にいい恋愛ができればいいのだが、彼女が好きになるのは必ず難ありの男ばかり。離婚歴があるとか、妻子がいるとか、ホストとか……挙げたらきりがない。

アメリカにいた時も、《彼氏に捨てられた》とよく電話をかけてきた。祖母から玲香さんのことを頼まれているので、邪険にはできない。

高校時代、玲香さんと俺が恋人同士だという噂が流れていたが、それは俺がよく彼女の恋愛相談に乗っていたからだろう。

噂を否定しなかったのは、俺も女避けになって好都合だったから。玲香さんも自分が愛人の娘だと知られたくなかったようなので、俺の姉ということは周囲には内緒にしていた。

「……会社の同僚なの。付き合っていたんだけど、先週の金曜日に彼の部屋に合鍵で入ったら、私の物じゃないパンプスがあって、それで……ベッドで会社の後輩と抱き合ってて……」

要するにまた浮気されたんだな。だが、今回は妊娠していて、『他にいい男がいるよ』といつも使っていたセリフは口にできない。

「その人と結婚の約束はしてるの？」

「近いうちに結婚したいねってお互い言ってて……」

つまり、正式にプロポーズはされていない。

思わずハーッと溜め息をつく。

俺は姉を甘やかし続けてきたのかもしれない。

「姉さん、今回はお腹に子供もいるんだから、今までと同じというわけにはいかない。相手の男性とよく話し合うことだ」

「うん……うん」

泣きながら玲香さんが相槌を打つが、妊娠したことをあまり深刻に考えていないような気がした。

「本当にわかってる？　最悪の場合、子供を産むかどうか、姉さん自身が決断しないといけないかもしれない」

「じゃあ……これから彼を呼び出すから、一緒にいてくれない？」

……結局、俺任せか。

「わかった」

不承不承返事をすると、玲香さんが「よかった」と笑った。

これは全然懲りていないし、わかってもいない。長くなりそうだな。帰るのも深夜を過ぎるかもしれない。明日からはアメリカ出張だというのに……。

玲香さんが恋人に連絡を取っている間、スマホを出して葵に先に寝てていいとメッセージを打とうとしたら、学からメッセージが届いた。

【姉は今日はかなり酔ってしまったので、早紀先輩の家に泊まります。京介さんがアメリカ出張の間はうちに帰らせますので、ご心配なく】

親友と会って久しぶりに羽目を外したのだろう。ひとりで自由に出歩けない日が続いたし、ストレスも溜まっていたはず。

それにしても、学のメッセージが素っ気ない気がするのは考えすぎだろうか。

俺が出張中、葵が実家にいるのは安心ではあるが、妙に胸がざわめく。

他にも気になっていることはある。最近、葵の様子がおかしい。

俺が忙しくてじっくり話ができていないのだが、ボーッとしていることが増えたし、香水をつけなくなった。

彼女は香水の使い方を心得ていて、微かに香りを身に纏《まと》うだけ。

菫《すみれ》のような香りで俺も好きだった。

事件もあったし、心境の変化でもあったのだろうか。

なにかが心に引っかかって、今日葵とマンション前で別れる時も、衝動的に強く抱きしめてしまった。

「……介、京介」

玲香さんに呼ばれ、ハッと我に返る。

「彼、ここに来るって」

「わかった」

それから三十分ほどして、玲香さんの恋人がやって来た。

メガネをかけたスーツ姿のサラリーマン。年は三十前後。外見は真面目そうだけど、人は見かけによらない。

玲香さんの恋人は部屋に入るなり、彼女に土下座する。

「ごめんなさい。魔が差しました。俺には玲香しかいません。もう二度と浮気しませんから……どうか許してください」

言葉に誠意を感じない。……これはきっとまた浮気するな。

だが、玲香さんは目を潤ませて、相手の男性を見ている。

もう展開が読める。多分玲香さんは彼を許し、数カ月後には浮気されて、また俺が呼び出されるのだ。

頼むからこれ以上俺を巻き込むのはやめてほしい。

「とりあえず顔を上げてください」

ニコッとして声をかければ、男性が顔を上げて初めて俺の存在に気づく。

「……あなたは？」

「僕は玲香の弟です。芹沢製薬で副社長をしています」

スーツのジャケットから名刺を取り出し、彼に手渡して少し圧をかける。

「え？ あの芹沢製薬の副社長ですか？」

「ええ。姉がとてもお世話になっているようですね」

ちょっと冷ややかに返すと、男性は震え上がった。

それからふたりの話し合いに二時間ほど付き合い、結局結婚して子供を産むことで話がついた。

まあ、将来離婚もありえるかもしれないが、とりあえずお腹の子供が無事に生まれればいい。なにかあれば俺も援助はするつもりでいるけど、姉の人生だし。もうこれ以上の厄介事は御免だ。

タクシーで日付が変わってから帰宅するが、玄関に葵の靴はない。

「そういえば彼女は今日はいないんだっけ」

葵のいる生活にすっかり慣れてしまったから、玄関に入っただけでなんだか家の中が広く感じる。

玄関を上がり寝室へ行くと、わかってはいるがベッドに彼女の姿がなくて落胆した。もう彼女が自分の一部になっている。

すぐにシャワーを浴び、スーツケースに出張用の荷物を素早く入れ、ベッドに入る。ベッドも葵がいないと広い。

明日から葵に会えなくて俺は耐えられるのだろうか。スーツのポケットに彼女を入れてアメリカに連れていきたい気分だ。

スマホを見るが、葵からメッセージも着信もない。

明日の予定だけ確認すると、ハーッと溜め息をついて目を閉じる。しかし、なかなか寝つけなかった。


次の朝、いつものようにインターホンが鳴って、春斗が迎えに来た。

「おはよう……って、あれ？　葵さんは？」

春斗が葵の姿を捜しながら俺に聞くが、答えるのも億劫で仏頂面になる。

「昨日は親友の家に泊まった。結構飲んだみたいで」

「ああ。それで表情が暗いわけね。てっきり葵さんに捨てられたかと思ったよ」

へらへら笑ってからかってくる春斗を見て、スーッと目を細めた。

「……その冗談、笑えない」

「その顔怖いよ。なにマジになってんの？ 軽いジョークだって。本当に京介は葵さんが大事なんだね」

「大事……。そうだな」

そう頷きながら考える。

同級生だったから大事。後輩の姉だから大事。でも、それだけじゃない。

葵がいないだけで、心にポッカリ穴が空いたような気がする。

彼女の顔を見たい。声を聞きたい……。この手で抱きしめたい。

それって……葵を好きってことなのか？

いや、好きという言葉じゃ俺の気持ちを言い表せない。

もっと深い。……彼女を愛しているんだ。今……ようやくわかった。

長崎の夜以来彼女を抱いていないのは、黒岩のことがあったから。大事だから、流れに任せて抱くような真似はしたくなかった。

「俺は葵を愛してる」

声に出して言ってみると、さらに彼女への思いが強くなる。

「おっ、ついに自覚したんだ？　京介って見た目は恋愛経験豊富そうだけど、実際は全然だよね。葵さんと婚約するまで恋のこの字も知らなかったでしょ？」

「そうなんだろうな」

俺はこれまで本気で恋をすることはなかった。女と付き合うことはあっても、どこか冷めた自分がいて、永遠の愛とかくだらないと思っていたんだ。

最初は学に頼まれて葵を助ける羽目になった。だが、すぐに自分が彼女を守らないと、という庇護欲が湧いてきて、彼女と仮の婚約をした。

それから衝動的に彼女に触れたくなって、彼女を欲して……。お祭りの夜に彼女を抱いた時、自分の独占欲には気づいていたけれど、それが愛だとはわからなかった。

今は葵がいないと生きていけない気がする。彼女に会ったら、ちゃんと愛してるって伝えたい。

「ま、京介のところは両親が離婚したし、恋愛に否定的だったからね。……そういえば、昨日玲香さんと会ったんだよね？　また恋人に振られたって話？」

「まあそうなんだが、もう玲香さんには関わりたくない」

「……いろいろあったんだね。ご愁傷さま」

春斗が俺の気持ちを察してそう労いの言葉をかけ、マンションを出ると羽田空港へ――。

スマホを何度も確認するが、葵からはなんの連絡もない。

昨日飲みすぎて体調が悪いのだろうか。

「葵さんからメッセージ来ないんだ？」

俺がやたらとスマホを見ているものだから、春斗がニヤニヤ顔で弄ってきた。

「ああ。二日酔いでまだ寝てるのかもしれないな」

ハハッと笑ってみせるが、なんだか胸がざわつく。

葵に一日会えないだけで、かなりダメージを受けている。こんなんでアメリカ出張の間、持つのだろうか。

保安検査を終え、ラウンジで搭乗時刻まで時間を潰す。

スマホで窓から見える飛行機の写真を撮ると、葵に送ってメッセージもつけた。

【これからアメリカに行ってくる。着いたら電話するよ】

しばらく待ったが既読にならない。時刻は午前十時二十一分。

まだ寝てるのか？　昨日は相当飲んだんだな。

彼女はあまり酒が強くない。帰ったら飲みすぎないよう注意しないと。

そんなことを考えていたら、春斗に声をかけられた。

「京介、そろそろ時間」

「……ああ」と返事をして、搭乗口に移動し、春斗と飛行機に乗る。

フライト中も仕事をするが、やはり葵のことが気になってしまう。

ロスに着いてすぐに葵に電話をしても、メッセージを送っても、彼女と連絡が取れなかった。

「葵さんにかけたの？」

スマホをじっと見つめていたら、不意に春斗に聞かれてゆっくりと頷いた。

「ああ。メッセージも送ったが、既読もつかない」

彼女になにかあったのか？

不安というか恐怖を感じてすぐに学に電話をすると、五回くらいコール音がしてからようやく彼が出た。

《はい、学です。アメリカ出張中では？》

「ああ。今ロスに着いた。葵と連絡が取れないんだが……」

《スマホの調子が悪いみたいです。元気にしてますよ。では、僕はこれから新幹線に乗るので》

急いでいるのか、学がブチッと電話を切る。

やっぱり素っ気ない感じがしたのは、気のせいだろうか？

まあ、とりあえず、葵が元気ならいい。

フーッと息を吐いていたら、春斗が俺の肩に寄りかかってきた。

「学さん、なんだって？」

「葵のスマホの調子が悪いって……」

「それで既読もつかなかったんだ？　でも、どうしたの？　神妙な顔して」

「学がなんだか塩対応だったなと」

いつもはもっと穏やかだし、今日みたいな冷淡な話し方ではない。

「忙しかったんじゃない？」

春斗が笑って言うが、気になってしょうがなかった。

「そうなんだろうが……」

「ほら、早くホテルにチェックインしよう。約束もあるし」

心になにか引っかかるものを感じながらも、予定が詰まっていてタクシーでホテルに向かう。

ホテルにチェックインし、買収の件で人に会うが、頭の片隅に葵のことがあって落ち着かない。彼女にまた電話をするが繋がらず、メッセージを送る。

【スマホ、まだ使えないのか？】

いくら待っても既読がつかず、また電話をする。だが、何度かけても出ないような気がした。

さすがに只事じゃないと思って学に電話をするけど、繋がらない。メッセージを送っても既読にならなかった。

「葵にも学にも連絡がつかない」

スマホを握りしめて言えば、それまで割と楽観視していた春斗も急に声のトーンを落として不吉な言葉を口にする。

「……ここまでくると、なにかあったんだろうね。事故に遭ったとか……」

彼の言葉にハッとして葵のスマホのＧＰＳの位置を確認するが、葵の実家になっていた。しかし、全然安心できない。

その後、一度芹沢家の者に様子を見に行かせると、葵が学と車で出かけたところを見たという報告があった。

それでも、なんだか嫌な予感がして、スケジュールを調整して帰国を早め、その足で葵の実家を訪ねる。しかし家政婦に「葵さんも学さんもいません」と言われ、ＦＵ

ＪＩＭＩＹＡ本社へ――。

「藤宮学社長に面会したい」と受付で伝えたら、数分待たされて学の秘書の片桐がやって来た。

「わざわざご足労いただいて申し訳ないのですが、藤宮は会議で席を外せません。今日はお引き取りください」

「待ってくれないか。だったら、葵がどこにいるのか教えてほしい」

学の秘書の彼なら、葵の居場所を知っているはず。

「あいにく彼女は退職していますし、把握しておりません。では」

冷ややかな口調で言って、彼はカツカツと靴音を響かせて去っていく。無表情だったが、絶対に葵の居場所を知っていると思った。

去っていく片桐の後ろ姿を見て、春斗がポツリと呟く。

「かなり冷たい対応だね。なんかあの人の目、殺気を感じたんだけど」

確かにいつも以上に睨まれていたように思う。

以前は俺への嫉妬や敵対心を感じていたが、今日は違う。俺を憎んでいるような目だった。

「すごく悪い予感がする」

FUJIMIYA本社を出ると、一度自宅マンションに帰る。玄関を開けるが、葵の靴はなかった。

「……やはりここに帰ってはいないな」

わかっていたとはいえ、気持ちが沈む。

春斗と家に上がり、まずリビングに行くと、ソファ前のテーブルにA4サイズの紙と彼女の婚約指輪が置かれていた。

【好きな人ができたので、婚約解消します。葵】

真っ白な紙に印字されたその文字を見て、一瞬目の前が真っ暗になった。

直筆じゃないから葵が用意したものかどうかはわからないが、婚約指輪が置かれているということは、葵が婚約破棄したいという意思に変わりはないのだろう。いや、婚約破棄すると一方的に主張している。

「どうして……？」

葵に他の男の影なんてなかった。俺が彼女の初めての男で、心だって通じ合っていたはず。好きな人ができたなんてデタラメを信じるほど俺は馬鹿ではない。

紙をグシャッと握りつぶすと、婚約指輪に目をやった。

正式にプロポーズして渡したものではなかったけど、彼女はこの指輪を気に入っていた。

「……指輪も置いていったのか。葵さんのお祖父さんに連れ戻されたとか？　なにかあったのかもしれない」

春斗も婚約解消が葵自身の決断とは思えなかったのか、少し重い表情で彼女の状況を推測する。

「その可能性もなくはないが……もっと別の問題のような気がする」

指輪を掴んで、心の中で問いかける。

葵、どこへ消えたんだ……？

指輪は彼女の居場所を俺に教えてはくれなかったが、その煌めきがどこか陰っているように感じた。

何度も学に電話をしても繋がらず、自宅を訪ねても会ってはくれなかった。

葵のスマホのGPSは実家のままで変わりない。だが、彼女は実家にはいないだろう。勘というか、彼女の気配をまるで感じないのだ。

葵、どこにいる？

仕事を終えて自宅マンションに帰り、ふと彼女のスマホのGPSを確認すると、都内の大学病院に移動していた。

時刻は午後十時過ぎ。もうさすがに外来はやっていない時間だ。

急病で病院に運ばれた？

いや、考えてる場合じゃない。

すぐにマンションを出て、車で病院に向かった。

病院の正面玄関は当然閉まっていて、夜間救急用の出入り口に行くと、通路脇に学が立っていて目が合う。

「学……？」

ただ立っていたというより、俺を待っているように見えた。

「来ると思ってました。姉さんのスマホのGPS、ずっとチェックしてたんでしょう？」

スーツのポケットから葵のスマホを出して俺に手渡す学に、説明を求める。

「どういうことなんだ？　葵はここに入院してるのか？」

「ええ。そうです」

「病気なのか？　怪我なのか？　葵に今すぐ会わせてくれ」

スマホを握りしめて学に懇願するが彼は首を縦に振らず、俺を睨みつけるような真剣な眼差しで問う。

「その前に確認したいことがあります。姉を愛していますか？」

焦れったさを感じずにはいられなかったが、学だって俺が葵を本気で思っているのか確認したいのだろう。

「最初は同級生で、俺のライバル……そんな認識だった」

顔を合わせればからかう、遠慮や気遣いがいらない相手。葵だけは男女の垣根を越えて付き合えた。弓道場で共に練習した日々が頭に浮かぶ。

「それで？」

学が先を促してきて、嘘偽りなく葵への気持ちを伝える。

「彼女の見合いを邪魔したあの日から、自分の手で守りたいって思ったんだ。もともと彼女は特別な存在だったんだと思う。一緒に住むようになってますます惹かれていって、今ははっきりと言える」

一旦言葉を切ると、学の目をしっかりと見つめ返して告げる。

「葵を愛しているんだ」

親の愛を知らずに育った俺に、彼女は人を愛することを教えてくれた。

思いをしっかりと伝えたのに、学はなぜか急に声を荒らげる。

「じゃあ岸本先輩はあなたのなんなんです？」

学から玲香さんとの関係を聞かれ、驚きを隠せなかった。

「どうして彼女のことなんか聞いてくる？」

「見たんです。ホテルで客室に向かうあなたと岸本先輩を。姉も見ていました」

その話を聞いて、ようやく謎が解けた。

俺は玲香さんとの仲を誤解されて葵たちに避けられていたんだな。

「岸本玲香は、俺の腹違いの姉だ」

静かに告げると、彼は驚きで目を大きく見開いた。

「姉？」

「ああ。父の愛人の子で、玲香さんが人に知られるのを嫌がっていたから公表していなかった。ホテルに一緒にいた日は、彼女の相談に乗っていたんだ。恋人関係で揉めていてね」

俺の説明を聞いてようやく納得したようで、学が深くゆっくりと頷いた。

「……そうだったんですね。姉を裏切る最低男だと思ってましたが、なにか理由があるのかと考え直してここであなたを待っていたんです。姉を愛しているなら必ず来るはずだと思って」

学が思い直してくれたことに感謝すべきなのかもしれない。

ＧＰＳを見た俺が病院に来ると懸けていたんだな。

「最低男か……。そうなのかもしれない。葵が誤解しないよう玲香さんのことを話しておくべきだった」

今は後悔しかない。玲香さんは俺にとって頭痛の種で、あまり人に姉だと話したくなかった。

「姉も知っていたら、今頃あなたに救いを求めていたでしょうね」

学は冷ややかな口調で言う。感情を抑えているが、俺を責めているのだ。

「葵に会ったら玲香さんのことを話す。それで、葵はどうして病院にいるんだ？」

「同窓会のあたりから目に異変を感じていたそうで……診てもらったら脳の神経に問題があって……なにもしなければそのうち身体も動かせなくなって死ぬ……と」

学が拳を強く握りしめながら、伏し目がちに話をする。

「……嘘だろ？」

ガツンとハンマーで頭を叩かれたような衝撃を受けた。

「嘘じゃありません。京介さんも姉の異変に気づきませんでしたか？　最近では嗅覚も衰えてきて、ここ数日で目もぼやけてほとんど見えなくなっています。難病で今のところ特効薬もないそうです」

沈痛な表情で語ると、学は悔しそうに唇を噛む。言われてみれば、思い当たる節はあった。

よく壁やドアにぶつかっていたし、香水だってつけなくなった。それが病気のせいだったなんて……。しかも、特効薬がなくて、そのうち死ぬ？

「そんな……」

俺がアメリカに発つ前から感じていた妙な胸騒ぎはこれだったんだ。

「本当に治らないのか？」

すぐには信じられず、学に確認する。まるで悪夢を見ているようだった。

「ええ。完治はしないそうです。明日手術をします。病気の進行を遅らせる代わりに、記憶をなくすかもしれません」

学のその説明に、さらなるショックを受けた。

「記憶をなくす？」

「脳の手術ですから当然リスクがある。それに、手術が成功する保証はありません」

「葵はそのことを知っているのか？」

「ええ。京介さんと岸本先輩をホテルで見かけた日に、医師に余命宣告されました。

このままでは一年しか生きられないだろうって」

最悪のタイミング。不幸のドン底に落とされた時に俺と玲香さんが一緒にいるところを見て、どんなに衝撃を受けただろう。

「まだ彼女は二十六歳だぞ。どうしてこんな……」

言葉を詰まらせる俺に、学は静かな声で問う。

「姉さんがベッドに寝たきりの身体になっても、余命一年でも……愛してると言えますか？」

「考えるまでもない。俺は葵を愛してる。彼女は俺の半身だ」

「口だけならなんとでも言えますよ」

まだ俺の言葉を信じない学に痺れを切らし、語気を強めた。

「今はそんなこと言ってる場合じゃないだろ！　いいから、早く葵に会わせてくれ！」

「……わかりました。ただし、決して喋らないでください。明日手術をする姉さんを動揺させたくない」

つまり俺の姿を見ても、俺とは認識できないということか。

「約束する」

本当は葵に会って誤解を解きたいが、今はその時じゃない。

い。

「ついてきてください」

学と共に葵の病室へ向かう途中、彼から葵の病気の進行具合を説明された。病状が悪くなるスピードは速く、目はほとんどぼやけて色の区別がなんとなくつく程度。耳は男女の声の識別ができるくらいで、匂いも微かにわかるといった状態らしい。

もう消灯時間は過ぎていたが、彼は特別に面会できるよう許可を取ってくれていた。もとから俺を葵に会わせるつもりだったのだろう。

薄暗い廊下を歩き、とある個室の前で学が足を止めた。

「ここです。もう寝てるかもしれませんが」

学の言葉にコクッと頷くと、彼が病室のドアを開ける。すると、葵のすすり泣きが聞こえた。だが、俺たちに気づいたのか、葵が「学……？」と聞いてきた。

「そうだよ」

学が優しい声で答え、俺に中に入れと目で合図を送ると、ドアを閉めた。彼が気を利かせてふたりだけにしてくれたのだ。

フットライトが点灯しているだけの暗い部屋の中にいるのは葵と俺だけ。

ずっと葵に会いたかった。頭がおかしくなるんじゃないかってくらい。だが、こんな悲しい状況で会うなんて……。

「耳も……だいぶ聞こえにくくなったかも。今日検査の時、看護師さんの声がこもって聞こえちゃって……なにを言ってるのかわからなかった。ううん、看護師さんだけじゃない。今の学の声も……はっきり聞き取れない」

葵が悲痛な声で言う。

神はどれだけ彼女から奪えば気が済むのだろう。残酷すぎる。

「……怖いの。目を閉じたら……身体が動かなくなるんじゃないかって……」

葵の言葉を聞いて、胸がとても痛くなった。

こんなに苦しんでいるのに、俺は無力だ。なにもできない。

葵のいるベッドに行くと、彼女を抱きしめる。

本当は優しい言葉をかけたかったが、学との約束があってグッとこらえた。いくら聞こえにくくなったとはいえこんな間近で話せば、口調で俺だと気づかれて取り乱すだろう。

今は俺とバレてはいけない。彼女のためだ。記憶をなくす可能性があっても、病気の進行を遅らせることができるなら手術を受けてほしい。

「明日起きたら……私じゃなくなってるかも……」

不安を吐露して泣きじゃくる葵。
彼女をなんとか慰めたい。なんとか救いたい。
葵の右手を掴んだら、彼女が「……学？」と少し驚きの声を出す。
まだ俺とはバレていないようだ。スーツを着ているから、学だと思っているのだろう。
彼女の手のひらに、指でゆっくりりと文字を書く。
【お】
「……お？」
葵が確認してきて、合っていると返事をする代わりに彼女の頭を優しく撫でる。
学がそうしているのを見たことがないが、今は声を出さずに伝える方が大事だ。
続けて文字を書き、同じようなやり取りを繰り返した。
最後の文字を書くと、彼女は俺が伝えたかった言葉を口にする。
【お】【れ】【が】【な】【お】【す】
「俺が治す……？」
そうだ。俺がなんとしてでも治してやる。
病気のことを調べて、彼女を治す特効薬を見つける。

包み込むように葵を抱きしめて、彼女の頭を撫でるように軽く叩く。
もう完全に学のフリをすることなど忘れていた。
「ありがとう。ねえ……我儘なのはわかってる。私が眠るまで……そばにいて」
葵が縋るように甘えてきて、また【うん】と彼女の手のひらに文字を書いた。
少しホッとした顔になる葵の手を握ると、彼女が俺の手を握り返して眠りにつく。
寝ている間も彼女の病気は進行していく。できることなら代わってやりたい。
彼女が朝目覚めなかったら？
想像しただけで怖くなるし、耐えられなかった。
葵の命を奪わないでくれ――。
神でも悪魔でもなんでもいい。俺の願いを聞いてくれ。
葵に愛してるとさえまだ伝えていないんだ。
たとえ記憶をなくしても、彼女が元気で生きていてくれさえすればいい。
彼女が病気になって初めて気づいた。
こうして手で触れられることが、どんなに幸せなことか。
彼女が元気で笑ってくれることが、俺の一番の幸せなんだって……。
命が奪われそうになるまでそんなことに気づかないなんて……俺は馬鹿だな。

神が彼女の命を奪うというなら、俺がなんとしても阻止する。

こんなことで諦めない。

葵の寝息が聞こえると、彼女の額にそっと口づけた。

「愛してるよ」

今は彼女に聞こえなくたっていい。これから何度だって言うから――。

一旦病室を出ると、学が廊下で待っていた。

「どうでした？」

「不安で寝れなかったみたいだけど、今はぐっすり眠ってる。俺も先生の話を聞きたい」

「わかりました」

学がコクッと頷いて、すぐに葵の担当医の話を聞いた。その後、春斗に葵の病気に適合する薬を調べさせるよう電話で頼む。それから俺は学と別れ、病室に戻った。

「絶対に死なせない」

葵の手を握ると、その夜はずっと彼女についていた――。

「さあ、仕上げにリップ。……うん。いい感じよ。鏡見る？　……あっ、ごめん」

私の唇にリップを塗った早紀が、手鏡を見せようとして急に動きを止めた。

「謝らないでよ。鏡貸して。ちょっと見てみる」

申し訳なさそうに謝る親友に手を差し出して、鏡を要求する。

京介のマンションから荷物を引き上げた次の日から私は入院していた。今日で六日目。

私を心配して早紀は昨日も今日も、お見舞いに来てくれた。

目も急激に見えなくなってきて、早く手術しようという話になったのだ。

人の顔はもうぼんやり見えるだけ。早紀や学はよく知ってるから認識できるけど、医師や看護師さんは背格好と声で判別している。完全に見えなくなるのも時間の問題だろう。

化粧も自分ではできなくなった。明日の朝起きたら完全に見えなくなっているかもしれない。

「はい。どうぞ」

早紀に渡された鏡を見て顔を確認するが、口元がピンクっぽくなっているのがわかる程度。

落胆せずにはいられないけど、早紀の前では気丈に振る舞った。

「うん。ちゃんと色ついてるわね。こんなことならアートメイクしておけばよかった」

毛穴が見えなくてラッキーだと努めて前向きに考えよう。

「なに言ってるの。メイクしなくても葵は綺麗よ。……ねえ、今……どれくらい見えてるの？」

早紀が遠慮がちに聞いてきて、明るい調子で答える。

「うーん、間近で鏡を見ても自分の顔がぼやけてる……かな。当然、早紀の顔も。スマホの文字はほとんど読めなくなっちゃった」

「葵……」

早紀が言葉を詰まらせるので、ちょっと心が苦しくなる。私の大事な人まで悲しませたくない。

「大丈夫。手術したらまた見えるようになるわよ」

早紀に言うと同時に自分にも言い聞かせる。手術をしても、百パーセント見えるようになる保証なんてないのだ。このまま身体の機能が失われていって、死ぬ可能性もある。

病気を知った時は絶望した。でも、今は少し運を天に任せようって心境。

元気でも突然の事故で死ぬ時だってある。誰だって明日死ぬ可能性があるのだ。

死ぬのは怖いけど、それに怯えて日々心をすり減らしていくのは嫌。できるだけ笑っていたいと思う。

病気になったのは不幸だが、今はまだ痛みがないだけマシかもしれない。

「あっ、そろそろ仕事に行かないと」

早紀が私にそう声をかけると、ガラガラとドアが開く音がした。

「姉さん、今日はちゃんと食べたの？」

学が現れ、早紀が「じゃあ、私は失礼するわね」と言って病室を後にする。

「うん。ありがと」と早紀に手を振ると、学が靴音を響かせて私のベッドまでやって来た。聞こえる靴音は複数。彼の背後には片桐がいる。

学がスーツのジャケットを脱いで、ベッド脇の椅子に腰を下ろした。

「それでもう一度聞くけど、ご飯ちゃんと食べた？」

声がちょっと怖い。

「が、頑張って食べたわよ。今日はじゃがいものスープにエビとパプリカのピラフだった。デザートにプリンもついたのよ」

プリンを見て京介を思い出し、食欲がなくなった。

彼は今も大好きなプリンを食べているかしら。

京介に愛されないなら、このまま死んでいくのもいいと彼のマンションを去った時までは思っていた。絶望でなんの希望も抱けなかったから。

けれど、今は弟が結婚して幸せになるまでは生きていたい。この世の未練というものだろうか。明日が手術だから余計にそう思うのかもしれない。

記憶をなくさずに視覚や嗅覚が元通りになるのがベストだけど、たとえ記憶をなくしたとしても私が学の姉である事実は変わらない。

だったら……記憶を失った方が私は幸せじゃないだろうか？

学に言ったら怒られるかもしれない。でも、なにもすることがないと、どうしても京介のことを考えてしまう。裏切られたのに、彼の姿を見たいと思うのだ。

いや……裏切りではないか。婚約だって便宜的なものだったし、どちらかに好きな人ができたら解消する予定だったもの。

嘘でも婚約なんてしなければよかった。京介と男女の仲にならなければ、こんなに傷つきはしなかっただろう。

私の一方的な片思い。私の記憶の中に彼がいる限り、死ぬまでこの感情を引きずるに違いない。

それでも京介のことを考えないようスマホも新しくして、電話番号も変えた。京介に私の居場所がバレてはまずいと思ったから。

だけど、彼は去る者は追わない主義かもしれない。玲香先輩がいるのだから、私がいてもいなくても彼は困らないだろう。

新しいスマホは、ほとんど見ることはない。もう文字が見えないから、使っていないのだ。学もそれがわかっているからメッセージを送ってこない。

「……さん、姉さん？」

学に肩を掴まれてハッとした。

「ご、ごめん。ちょっとボーッとしちゃって。今日も朝から検査だったんだけど、緊張でなんだか疲れちゃって。それに、また夕方も検査があるから気が重かったの」

「まあ緊張するよね。片桐」

学が同情するように相槌を打って、片桐を呼ぶ。

「はい」と片桐は返事をすると、なにやらガサゴソ動いてベッドのテーブルにトレーを置いた。白い物体の上に赤いものが見える。

トレーにあるのは……。

「イチゴのショートケーキ……？」

自問自答するように呟けば、学がどこか楽しげに笑った。

「正解。『苺苺亭《いちごいちごてい》』のだよ。片桐が並んで買ってきてくれたんだ」

苺苺亭は老舗のケーキ屋。看板商品のイチゴのショートケーキはクリームの甘さが絶品で、開店十分で売り切れる人気商品だ。私も学も大好きで、一度に二個食べることもある。

「片桐があのケーキ屋さんに並んだの？」

「はい。朝一番に並びました」

片桐のことだから朝の五時とかから並んだのではないだろうか。

「片桐、ありがとう。とっても嬉しいわ」

とびきりの笑顔で礼を言うと、片桐が姫に忠誠を誓った騎士のような口調で言う。

「葵さんのためなら毎日でも並びますよ」

「毎日食べたらブクブクに太っちゃうわよ」

クスクス笑いながら皆でケーキを口にする。

「すごく美味しい」

いつも以上に美味しく感じ、自然と笑みが溢れる。

病気になっても私をこうして支えてくれる人がいる。

「姉さん、手術が……やりたいことある？」

不意に学がなにか言ったけど、よく聞こえなくて首を傾げた。

「ん？　ごめん。もう一回言って」

笑顔でお願いしたけど、内心ではすごく焦っていた。

集中していないと、なにを言っているのかわからない。

気のせいだと思いたいけど、こんな風に身体が不自由になっていく。

「手術が終わったらやりたいことある？」

学が今度はゆっくり言ってくれて、うまく聞き取れた。

「やりたいこと……ね」

呟きながら、しばし考える。

手術が終わっても、しばらくは入院生活が続くだろう。体力が戻ったら、再発防止のため投薬治療を始めるらしい。でも、この病気の特効薬はない。退院できるかどうかも謎だ。

「……綺麗な海が見たいわ。砂浜とか散歩して、貝殻集めて……」

海は臨海学校でしか行ったことがない。遠くで眺めることはあっても、海水に浸かったのは学校の行事だけ。テレビや雑誌に出てくるようなコバルトブルーの海を見られたら素敵だなって思う。

「いいんじゃない？　のんびりできると思うよ。僕も休暇取って一緒に行こうかな」

学の発言を聞いて、苦笑いした。

「無理して付き合わなくていいのよ」

「無理なんてしてない。家族で海なんて行ったことなかったし、こんな機会がないと行かないから」

確かに家族で海どころか、旅行だってしたことがない。

「恋人と行けばいいのに」

私が病気だとわかってから、学は私の心配ばかりしている。もっと自分の人生を考えてほしい。恋をして、結婚して、家庭を持って……。

「まず恋人作るところから始めないといけないよ」

少し面倒くさそうに言う学に、クスッと笑って返した。

「学ならすぐに彼女ができるわよ」

「そうですね。学さんが本気になれば、十人は落とせますよ」

片桐も私の冗談に乗っかれば、学が真面目な声でつっこむ。

「それ、もはや恋人じゃないじゃないか」

「冗談は抜きにして、早く恋人作って結婚して。私、学の奥さんと仲良く買い物に行くのが夢なの」

ここぞとばかりに姉としての願望を伝えるが、学は素直に『うん』と言わない。

「買い物なら早紀先輩と行けばいいじゃないか」

「もう、学は姉のロマンがわかってないわね」

笑って文句を言うと、わざと学が冷たく返す。

「姉になったことがないからね」

「……ねえ学、京介……連絡してきた？」

学は私の前で一切京介の話をしないから気になって尋ねると、少し間を置いて答える。

「連絡あったよ。会社にも来た。気になる？」

目がよく見えなくても、弟が硬い表情をしているのが手に取るようにわかった。

「ううん、ちょっと聞いただけ。あ〜、やっぱりケーキっていいわね。元気になる」

学に気を遣わせたくなくて、明るく笑ってみせた。

京介……心配してくれているのだろうか？　でも、玲香先輩がいるのだ。私のことなどすぐに忘れるはず。

それからたわいもない話をすると、学と片桐は病室を後にする。

ふたりとも私の耳の状態を気にして、途中からいつもよりゆっくり話してくれた。

きっと耳がもっと悪くなったこともバレている。それでも、お喋りをしていると気が紛れるから、もっと一緒にいてほしかった。だけど、彼らには仕事があるので、引き止めるわけにはいかない。

ふたりがいなくなると、ボーッとしていることしかできなくなった。

テレビをつけても結局見ることができないし、音もこもって聞こえるからすぐに消してしまう。なんだか落ち着かない。

こうしている間にも、脳の壊死が広がっているのだろう。数時間後には突然心臓が止まってしまうかもしれない。

手術しても、失敗したら……？

怖くて……怖くて仕方がない。

悲観しないように頑張っているけど、やはりひとりになるとマイナスなことばかり考えてしまう。

自分が病気になって初めて、治療法のない難病で死んでいった父の気持ちがわかった。

毎日少しずつ、そして確実に動かせなくなる身体になって、歩いてトイレにも行けなくなると、入院前まで弱音なんて口にしたことのなかった父が私にポツリと『死にたい』と口にした。私は『そんな悲しいことなんて言わないで』ってお願いしたけど、父は『死にたい』『消えたい』と、毎日口癖のように言うようになった。

私も同じ言葉を学に言ってしまいそうだ。父は自分がつらいんじゃなくて、弱っていく自分を娘に見られるのが嫌だったのだろう。

「どうして……こんな病気になっちゃったの？」

目頭が熱くなるのを感じながら呟くが、私の質問に答えてくれる人などいない。

もうこの世から消えてしまいたかった。

病気だけじゃない。京介にだって愛されなかった。

神さまなんて、この世にはいないのかも。

それでも願わずにはいられない。

お願いです。私だけじゃなく、学まで苦しめるのはやめてください。

もう治る見込みがない病なら、今ここで心臓が止まってもいい。

私が弱っていく姿を……死んでいくしかない姿を弟には見せたくない。

神さま……。

ポタポタと涙が手の上に落ちていく。

しばらくすると看護師がやって来て、抗不安薬を飲ませてくれた。それでも明日の手術が心配で、消灯の時間になってもなかなか眠れない。

目を閉じて死んでしまったら……？

いや、死ぬならまだいい。自分で身体が動かせなくなったら……怖い。

目だって今日起きたら、もうほとんど見えなくなっていた。

私……どうなるの？

考えるだけで身体がブルブルと震えてくる。

恐怖からの震えだが、この病室の空気も氷みたいに冷たくなっている気がした。

ううっ……と嗚咽《おえつ》が込み上げてきて、身体を丸くしてすすり泣いていると、人の気配がした。

一瞬看護師さんかと思ったけど、無言のまま入り口に立っているのでどうやら違うようだ。看護師さんならいつも大きな声をかけて入室してくる。

「学……？」

この時間に来るのは学だろう。仕事が終わると、私の様子を見に来るのだ。

顔を上げて呼びかけると、「そうだよ」と遠くで弟の声がする。聴覚もやはりかなり悪くなっていて、音がすごくこもって聞こえた。

「耳も……だいぶ聞こえにくくなったかも。今日検査の時、看護師さんの声がこもって聞こえちゃって……なにを言ってるのかわからなかった。ううん、看護師さんだけじゃない。今の学の声も……はっきり聞き取れない」

弟に弱いところは決して見せちゃいけないと思っていたのに、感情が溢れ出す。

「……怖いの。目を閉じたら……身体が動かなくなるんじゃないかって……」

目も見えない。耳も聞こえない。……こんなの嫌。

顔に手を当てて泣きじゃくっていたら、学がベッドまでやって来て私を抱きしめた。

「目に……ものが映る。……匂いが……わかる。音が聞こえる。当然のものだと思っていた。でも……違う」

当たり前なんかじゃない。とっても幸せなことなのだ。

「病気になんて……なりたくなかった……。怖いの……」

ギュッと強く学に抱きつくと、頭を優しく撫でられた。

弟にそんな風にされるのは初めてで、少しビックリした。

なんだろう。学のはずなのに、京介なんじゃないかって思えてくる。

もうすべての感覚が麻痺《まひ》してるのかもしれない。

それとも私の願望なの？　彼に抱きしめてほしいって……。

玲香先輩とホテルの部屋に向かうところを見ているのに……。

「明日起きたら……私じゃなくなってるかも……」

今よりももっと悪くなっていくのが怖い。不安で、不安で……胸を掻きむしりたくなる。

学はそんな私を黙って強く抱きしめてくれた。

本当に……京介の腕の中にいるみたいだ。

少し落ち着いてくると、学は抱擁を緩めて私の右手を手に取った。

「……学？」

私が問いかけると、弟は指で私の手のひらに文字を書きだす。

【お】

「……お？」

書かれた文字が合っているか確認すると、頭を撫でられた。

どうやら合っていたらしい。

今の私の耳じゃ聞き取れないかもしれないと思って、手に書いてくれたんだ。

学が続けて文字を書き始める。

【れ】

「れ？」

また確認すると、同じように頭を撫でられる。

【おれ】って『俺』だよね？

学が私の前で俺と言うのは珍しい。いつも私が弟扱いするから、私に男らしいところを見せようとしてるのかもしれない。

そんなことを考えていたら、再び学が文字を書く。

【が】

「が？」と私が尋ねて、弟が私の頭を撫でる。

その工程を何度か繰り返した。

お……れ……が……な……お……す。

「俺が治す……？」

書かれた文章を読み上げる私を学が優しく抱きしめて、頭をポンポンとした。

合っていると言っているのだろう。
今のやり取りで少し気が紛れた気がする。
元気づけてくれるのね。学は諦めていない。私も強くならなきゃ。
でも、今夜だけは弟に縋りたい。
「ありがとう。ねえ……我儘なのはわかってる。私が眠るまで……そばにいて」
学の両腕を掴んで懇願すると、彼は私の手を取って【うん】と文字を書く。
もう確認しなくても、なんて書いたかはわかっていた。
ベッドに横になると、学が手を握ってくれて、私はゆっくりと目を閉じた。
弟が手を握ってくれているからだろうか。ひとりでいた時よりも怖くない。
薬を飲むより、手を握ってもらう方が安心できる。
私の手をすっぽり包む大きな手。やっぱり……京介の手に似てる。
彼への思いを断とうとしても……無駄だったのかもしれない。
高校からずっと好きだったのだ。そう簡単に忘れられるわけがない。
京介――。
私に力を貸して。
学には悪いと思ったけど、京介の手だと思って強く握りしめた。

「……ん？」

目を開けると、目の前にいくつも顔があった。

着ているものはわかるが、顔は少しぼんやりしてはっきりわからない。

身体も重く感じて、いつもと違う。

「……ちょっと頭が痛い」

額に手を当ててそう訴えると、白衣を着たおじさんが声をかけてくる。

「しばらくすると治りますよ。お名前を言えますか？」

お医者さん？

ジーッとその人を見ていたら、また同じ質問をされた。

「もう一度聞きます。お名前を言えますか？」

「名前？　……藤宮葵」

頭はボーッとしていたが、反射的に自分の名を口にする。

どうして名前なんか聞かれるのだろう。しかも、見知らぬ部屋にいる。

「ここは……病院？」

誰に聞いたわけでもない。思考がそのまま声になってしまったのだが、私の疑問に白衣を着たおじさんが穏やかな声で答える。

「そうですよ。今、何歳ですか？」

その質問をされ、思わず「え？」と声を出した。

私って何歳？　あれ……？

「……わからない」

「焦らなくても大丈夫ですよ」

「姉さん、僕がわかる？」

ちょっと不安そうな顔で聞いてくる黒髪の青年を見て、すぐに答えられなかった。

姿も声も知らない。でも……。

「姉さん……って、ひょっとして……学？　なんでそんな大きいの？　もっと小さかったのに……」

ランドセルを背負っていたのに……。なにがどうなってるの？

私の返答を聞いて、なにやらみんな深刻そうな顔になる。

「じゃあ、俺のことはわかる？」

私の手をずっと握っていたライトブラウンの髪の青年が私に尋ねた。

「……わからない」

この状況に戸惑いながら答えると、その青年はしっかりと私の手を握ってきた。

「そんな不安な顔をすることはない。これから知っていけばいい」

少しずつ目の焦点が合ってきて、その男性の顔がはっきり見えてくる。

見たこともないような超絶美形――。

「あなたは……誰？」

瞬きもせずに見つめる私に、彼はとても穏やかに微笑む。

「はじめましてからはじめようか。俺は芹沢京介。葵の婚約者だよ」

彼を愛してる

「気分はどう？」

ソファで点滴を受けている私に、婚約者が聞いてくる。

「元気よ。天気もいいから外に出たいわ」

窓の外の景色を眺めながらそんなお願いをしたら、彼が私の頬に手を添えてきた。

「顔色もよさそうだな」

脳の手術から半年後、私は沖縄《おきなわ》にいた。婚約者である京介さんの別荘で療養している。

手術前は視覚や嗅覚、それに聴覚に異変があったようなのだけれど、今は中学生から手術前までの記憶をなくしている以外は特に問題ない。

術後、記憶の混乱もあって小学生のような受け答えをしていたようなのだが、それは一時的ですぐに治った。記憶も戻ってくれれば嬉しいけれど、医師には『焦らないことですよ』と言われている。

京介さんのお陰で心穏やかに暮らしているせいか、心も身体もかなり元気になった。

別荘には医師や看護師も常駐しているし、近くに京介さんの会社の研究所があって、研究員さんが毎日私のデータを取りに来る。

京介さんは詳しい説明をしてくれなかったけど、学から聞いた話では彼が買収した会社が運よく私の病気に適合する薬の治験を行っていたようで、私にも投薬して試しているとか。

簡単に言えば実験体だけど、薬はよく効いている。まだ認可されていない薬の治療を受けられるのだから、私は相当運がいいに違いない。

目の前はコバルトブルーの海で、見ているだけで心が落ち着く。私は覚えていないのだが、手術前に学に海に行きたいと言ったらしい。

手術でなくしてしまった記憶はまだ戻らないし、戻る気配もない。最初は浦島太郎になった気分でパニックになっていたけど、京介さんや学、親友の早紀が私を支えてくれて、新しい思い出を作っていけばいいと前向きな気分になれた。

「じゃあ、点滴終わって少し休んだら、浜辺を散歩しようか？」

私を包み込むような温かい笑顔を向けてくる彼に、明るく笑って返事をする。

「うん」

京介さんとの散歩は日課だ。彼は手術が終わってからずっと私に寄り添ってくれている。

仕事は出社しなくてもリモートでできるようで、私を置いて外出することはほとんどない。あっても、近くの研究所に足を運ぶ程度。

今のところ京介さんは婚約者というよりは優しいお兄さんという感じで、キスだって頬や額に軽くするだけで唇にはしない。

婚約者と言われても全然思い出せなかったし、最初はその距離感に安心していたのだが、最近はそれがなんだかもどかしく感じるようになった。それに、いつも同じベッドで寝ているから、心臓がドキドキする。

寝る時だって、彼は背後からそっと抱きしめるだけで、イチャイチャする感じはまったくない。紳士そのもの。

私のことを大事にしてくれているのはわかる。だって、彼は毎日『愛してるよ』と、寝る前に愛を囁くのだ。

義務じゃなくて、その言葉のひとつひとつに彼の思いが詰まっているのを心で感じる。なのに、どうして手を出してくれないの？

でも、私も彼のことは言えない。記憶をなくす前は京介さんのことを『京介』と呼んでいたようだけど、初対面の人に接するみたいに『さん』づけになってしまう。

「ちょっとお茶でも飲もう」

京介さんがルイボスティーを淹れてくれて、笑顔で礼を言う。

「ありがとう」

「なにか本でも読もうか？　それともドラマでも観る？」

私が点滴の間退屈だと言うと、彼は本を音読したり、一緒にドラマを観たりしてくれる。とっても優しいのだ。

しかも、この超絶美形がそばにいてくれるのだから、心臓はドキドキしっぱなし。

「アルバムが見たいわ。こないだ学が持ってきてくれたの」

学は親友の早紀と一緒に、月に二回私の様子を見に来る。

クッションの下に入れていたアルバムを取り出して京介さんに見せると、彼は苦笑いした。

「どうしてそんなところに隠してるの？」

「まず変な写真がないか、自分で確認したかったの」

本当はなにか思い出すかもしれないと期待してひとりでアルバムを見たのだけれど、中学時代の京介さんの写真を見ても、失った記憶は戻らなかった。

なんとか思い出して、彼を喜ばせたかったのに……。

だっていつもそばにいてくれるのに、なにも思い出せないのは悔しい。彼はそれでも構わないと言ってくれるけど、自分が許せなかった。

婚約者なのに彼のことを忘れてしまうなんて……。

早紀とのガールズトークで仕入れた情報では、私が京介さんを好きになったのは高校からだとか。なんでも彼と同じ弓道部に入っていたらしい。

「葵はどの角度から撮っても綺麗だよ」

その言葉を聞いて、ボッと顔が熱くなる。

「京介さん、褒めすぎよ」

「だって本当のことだし、ちゃんと言わなきゃ相手に伝わらないってもうわかっているから」

そう告げる彼の目は、なんだか悲しそうに見えた。

「京介さん……？」

「なんでもない。ほら、見よう。これ、いつのアルバム？」

「私が中学の時の。家族旅行はしなかったから学校の写真しかないんだけど。運動会とか臨海学校とか文化祭とか。高校のもあるわよ」

父は仕事で忙しかったし、義母は私が嫌いだったから、家族写真というものはほとんどなかった。

「ああ」

うちの家庭事情を知っているようで、京介さんが納得した様子で相槌を打ち、私の横に腰を下ろす。

「このクラスの集合写真……中一かな？　葵がなんだか幼く感じる」

私がアルバムを捲《めく》ると、彼が覗き込んできた。

「うん。京介さんだって若いわ」

中央に映っている京介さんを指差してクスッと笑えば、彼がわざと顔をしかめて文句を言う。

「若い……って、年寄扱いしないでくれるかな？」

「ごめんなさい。でも、相変わらず美少年。モテたでしょう？　バレンタインとかチョコいっぱいもらったんじゃない？」

カッコいいからモテたのは聞かなくてもわかるのだけれど、彼の反応を確認したかった。

好きな女の子とかいなかったのかしら？

「ああ。まあ否定はしない」

「もらったチョコは全部食べたの？」

本当は好きな女の子からチョコをもらったのか知りたいが、勇気がなくて聞けない。

「いや、なにが入ってるかわからなかったから、実は食べなかった」

苦笑いする京介さんを見て、彼には悪いけれどちょっと安堵した。

どうやらバレンタインはあまり好きではなかったようだ。

「媚薬《びやく》とか入ってたら困るものね」

「まあ俺にとっては憂鬱なイベントだったよ」

「あっ……じゃあ、私がチョコあげたの迷惑だったわよね？　ごめんなさい」

先月のバレンタインに彼にチョコをあげたのだ。『美味しい』って言って食べてくれたけど、私の前だったから無理をしていたのかもしれない。

「なんで？　葵のなら毎日食べてもいいよ。カカオは身体にいいって言うしね」

「無理しなくていいのよ」

「むしろもらえない方が悲しい」

彼が私の左手の薬指の指輪に触れてくる。

「本当だったら嬉しいわ」

フフッと笑みを浮かべると、彼が私の指輪にチュッと口づけて、目を合わせてきた。

「本当だよ」

なんだか親密な雰囲気になったので、思わず彼の気を逸らす。

「……あっ、これ修学旅行？　京都《きょうと》の清水寺《きよみずでら》？」

「そう、清水寺。三本ある滝の水があって、葵は確か学問の水を飲んでた」

まるで最近の出来事のように話すから、少々驚いた。

「なんでそんなこと覚えてるの？」

「俺の前に並んでたのが、葵だったから。今思い出した」

「じゃあ、京介さんはなんの水を飲んだの？」

ちょっと気になって尋ねると、彼は淡々と語る。

「確か長寿だったかな。もう一本が恋愛成就だったし」

「そうなのね。確かに京介さん頭がよさそうだし、恋愛だって望めば誰でも選べるもの。長寿が無難よね」

なにも考えずにそう返したら、彼がジーッと私を見つめてきた。

「当時は恋愛なんて興味なかった。父親は女たらしで、母親も好き勝手やって俺を置いて家を出ていったし、女性不信だったんだ」

「……そうだったの？」

てっきり順風満帆で誰もが羨むような華麗な人生を送ってきたかと思った。

「他にも悩みの種があって……腹違いの姉がいるんだけど、男関係がだらしなくてね。何度も俺に相談してきて、もううんざりしてたっていうか……、いや、この話はやめよう」

ハーッと深く溜め息をつく彼を見て、トラブルメーカーなお姉さんなんだという感じを受けた。

「……苦労したのね」

「だから、葵と婚約して……葵の心の綺麗さに感動したんだ」

京介さんが私の腰に手を回し、そっと抱きしめてくる。私を見つめるその目は熱を帯びていたものだから、ハッとした。

「京介……さん？」

「俺が守らないと……、そばにいたい……と思うのは葵だけなんだ」

なにか訴えるようなその声を聞いて、胸がギュッとなる。

「どこにも行かない。そばにいるわ」

私の身体が心配なのだろう。

安心させるようにその大きな背中を撫で、彼の目をしっかりと見つめ返して約束する。

「時々ポケットに入れて持ち歩きたくなるって言ったら？」

京介さんの口から非現実的な言葉が出てきて驚いたけど、にっこりと笑って言い返した。

「そんなに小さくなれないわよ」

「そうだな。束縛しそうで怖い」

自嘲気味に言う彼の耳元で、少しはにかみながらボソッと呟いた。

「京介さんになら束縛されてもいいわ」

それは冗談ではなく私の本心。

病院でこんな美形に婚約者だと挨拶された時はただただ驚いて、最初はアイドルを見るような感じだったけれど、今は違う。

彼が好きなのだ。

彼に見つめられるだけでドキッとする。でも、顔がいいから好きになったんじゃない。

彼の優しいところも、意地悪なところも、たまに少年っぽく笑うところも好き──。

婚約者を好きになるというのも変な話だけど、記憶がなくなってしまったのだから仕方がない。

「本当に束縛しそうだから冗談でもそういう発言はしないように。ほら、次高校のアルバム」

京介さんが抱擁を解いて、高校時代のアルバムを手に取った。

「この文化祭の写真、チャイナ服の葵が滅茶苦茶かわいかったな。隠し撮りしてる男子生徒も結構いてすごかった」

京介さんのコメントを聞いても目がいくのは私ではなく、同じ写真に映っている彼。

「京介さんは執事服着てる。あっ、こっちのは部活？　私も京介さんも弓道やってる」

ふたり並んで矢を放っていた。弓道衣を着ている彼がとってもカッコよくて、写真じゃなくて実際の姿を見たくなる。

弓を構える姿がなんとも尊い。和の感じが素敵だ。

この姿を高校生の私はどんな思いで見つめていたのだろう。

「そう。俺も葵も弓道部で、インターハイも行ったんだ」

「インターハイなんてすごいわね。弓道……やってみたい」

なんだろう。この写真を見ていると、身体が疼く。

そんな私を見つめて、京介さんが優しく微笑んだ。

「じゃあ、今日は散歩はやめて弓道やろうか？」

「え？　弓道場あるの？」

なんの躊躇もなく言うものだから驚いてしまう。

ここは沖縄で……目の前は海なのに……。

「あるよ」と京介さんはフッと笑うと、どこかへ電話をかけた。

その間もアルバムを眺めていたが、綺麗な女性が弓を引いている写真を見て、胸がチクッと痛む。

この女性……誰かしら？　先輩？

そんなことを思っているうちに点滴は終わり、常駐の看護師さんや医師による問診と検査を受けた。

京介さんの用意してくれた薬が効いているようで、今のところ再発はしていない。

医師の話を聞いた時、私よりも京介さんの方が安堵していた気がする。

それから午後、車で向かったのは、サトウキビ畑の中にある弓道場。

「弓道場って森の中にあるイメージだったけど、沖縄にもあるのね」

ちょっと感動しながら弓道場を眺める私の肩に、彼がポンと手を置く。

「一度だけ来たことがあるんだ。さあ、中に入ろう」

入り口で管理人らしき人が出迎えてくれた。

京介さんが「こんにちは。突然お願いしてすみません」と声をかけて中に入ると、まず入り口の横にある板張りのロッカールームへ。

中に紫色の風呂敷包みが置いてあって、京介さんが中身を確認して私に手渡す。

「はい。これ葵の分だよ」

それは、白の上着や紺の袴といった弓道衣一式だった。

「着方わかる？」

「……まずひとりで着てみるわ。京介さんは後ろ向いててもらってていい？」

京介さんはなんとも思わないかもしれないが、異性に下着姿を見られるのは恥ずかしい。

「わかった」

京介さんが笑顔で頷くと、すぐに服を脱いで着替え始める。

なにも考えていなかったけど、着る順番を迷いはしなかった。身についていたのか、自然と身体が動く。

最後に胸当てをつけると、京介さんに声をかけた。

「京介さん、もういいですよ」

お互い同時に振り返って、ハッと息を呑む。

写真で見てわかっていたけど、弓道衣の彼がとっても素敵。

ボーッと見つめてしまったが、彼が口に手を当てて若干涙ぐんでいるものだから慌てた。

「京介さん？」

「ご、ごめん。嬉しかったんだ。身体はちゃんと弓道衣の着方を覚えているんだなって……。さあ、行こうか」

彼が私の背中をトンとして射場に向かう。周りはサトウキビ畑なので、海風の心配はなさそうだ。

なんだろう。この板張りに入った瞬間、厳粛な気持ちになった。

「まずは俺が打つのを見てて」

弓と矢を手にした京介さんに言われ、「はい」と返事をすると、少し後ろに下がった。

京介さんが私の前で弓を構える。顔つきがさっきまでとは違う。

獲物を狙う鷹のような目。

無駄な動きがない綺麗な所作で、彼は弓を引く。

ビュンと奏でる音。的へと伸びていく矢。

矢が的の中央を射抜いた瞬間、なにかが頭の中に流れ込んできた。

――それは、なくしていた記憶の断片。

部活での彼との思い出。

彼が私の腕に触れて型を直してくれた……。

インターハイの試合直後にフラフラだった私を医務室に運んで、帰りは送ってくれた……。

それだけじゃない……。

見合いを邪魔して私を守ってくれたじゃないの。

彼が好きで好きで……なんとか諦めようとしたあの見合いに京介が現れて……。

ビックリしてつい恨み言を言ってしまったけど、本当は嬉しかったの。

長崎で観光した時だって、一緒にお祭りに行った時だって……私には夢のような時間だった。

ずっと好きだった彼と愛し合って……。

そう。ただ抱かれたんじゃない。

彼は私を愛してくれた。

それに……玲香先輩のことも思い出した。

高校時代のアルバムにあった、あの弓道衣を着た綺麗な女性は彼女だ。

今ならわかる。彼はなにか事情があって、玲香先輩とホテルの部屋に行ったんだって。

だって……手術から半年、ずっと彼は私のそばにいてくれた。私だけのことを考えてくれた。病気になったのは不幸だったけれど、そのお陰で彼の愛を知った。私は世界一幸せな女だ。

じわじわと涙が込み上げてきて、こぼれ落ちる。

「京介……好き」

彼への思いが溢れ出して止まらない。

「葵……ひょっとして……思い出したのか？」

京介が振り返って、目を大きく見開く。

「うん。京介のことも……玲香先輩のことも思い出したわ。ホテルで玲香先輩と京介を見たことも。今なら誤解なんてしない。なにか理由があって彼女とホテルの部屋に行ったんでしょう？」

それは、半年前に私がすべきだった質問。

「ああ。玲香さんは……俺の腹違いの姉なんだ」

私を見つめながら告げる彼の言葉に少々驚いた。

「姉？」

その答えは全然予想していなかった。

でも、言われてみれば、目元もなんとなく似てるし、どちらも文武両道だ。

「そう。父の愛人の子で、父も認知していて、大学卒業までは養育費を払ってた。玲香さんは見た目はしっかりしてるけど、男関係がだらしなくてね。月ごとに恋人が変わるというか、捨てられてまた別の男と付き合って捨てられて……」

京介の話に驚きを隠せなかった。

人って見かけによらないのね。あの可憐な玲香先輩が男関係にだらしないなんて……。

私が黙っていると、京介は話を続ける。

「あの日は浮気した恋人の子供を妊娠したって言われて……思い出すだけでも頭が痛くなるけど、彼女の恋人を呼び出して話をさせたんだ」

「……そうだったのね」

「玲香さんのこと話さなくてごめん。自慢できるような姉じゃなかったんだ」

京介が思い詰めたように謝ってきたので、首を左右に振った。

「ううん。私が悪いの。京介のことを信じられずに、玲香先輩と深い仲なんだって勝手に決めつけてた」

あの日は余命宣告されて、まともにものを考えられなかった。

そういえば、アルバムを一緒に見ていた時、京介が腹違いの姉の話をしようとして途中でやめた。あれは玲香先輩のことだったんだ。

「謝らなくていい。今この俺の腕の中にいてくれる。それだけで充分」

京介が弓と矢を床に置くと、私を強く抱きしめてきた。

私も彼の背中に手を回して抱きしめ返す。

「愛してるんだ」

京介の声が、心に直接伝わってくる。

「私も京介を愛してる」

彼は私の病気を知って、必死で特効薬を探してくれた。

記憶もなくし、病気がいつ再発するかわからない。普通そんな女と好き好んで婚約する？

本気で愛していなければ、婚約なんてしない。

「記憶がないままでもいいと思ったけど、思い出してもらうとやっぱり嬉しいものだな」

「私も……記憶が戻って嬉しい」

彼と過ごしたすべての時間が私にとっては宝物。

もう一分たりともなくしたくない。

「葵、一生大事にする。だから俺と結婚してほしい」

彼にプロポーズされ、また涙が溢れてきた。

「……うん。京介のお嫁さんにして」

なんとか返事をすると、彼が私にゆっくり口づけてきた。

その唇の形も、柔らかさも、私の身体が記憶している。

唇にキスをされるのは半年振り。

はしたないと思われるかもしれないけど、記憶をなくしていても彼を求めていた。

今日ほど幸せを感じた日はない。幸福すぎて怖いくらいだ。

「私……実を言うと、京介のこと高校の時から好きだったの」

小さく笑いながらそんな告白をすると、彼が固まった。

「え？　嘘……」

「好きだってバレたくなくて、学生の頃は京介にずっと素っ気なく接してた。ごめんなさい」

「塩対応でもかわいかったよ」

その言葉を聞いて、嫌われてなくてよかったと安堵する。

「大学を卒業しても京介以外の男の人なんて好きになれなくて……ホテルの同窓会で告白しようとしたの。でも、できなくて……」

「今はこうして一緒にいる。もう絶対に放さない」

「私も絶対に放さない」

片方だけじゃない。お互いの気持ちが大事なのだ。

「その言葉忘れるなよ」

ベタッとくっつく私に、彼は笑顔で命じる。

「もう忘れない。約束する」

彼の頬に両手を添えて、今度は私から愛を込めてキスをした。

夢のような結婚式

早紀と控室を出る。

「そろそろお時間です」

ブライダルサロンのスタッフに呼ばれて「はい」と返事をすると、付き添いで来た早紀と控室を出る。


今日は私と京介の結婚式で、私は沖縄のとある島にあるチャペルにいた。天気は快晴で、心も晴れやか。

彼にプロポーズされた一カ月後に結婚することが決まり、式まで時間がなくて準備が大変だったけど、そこは京介や春斗さんがうまく手配してくれて無事にこの日を迎えることができた。

こんな急に式を挙げることになったのは京介のたっての希望で、彼は私の心の準備ができたらたとえ記憶が戻らなくてもすぐに結婚しようと考えていたらしい。

「……この日を迎えられて本当によかった」

礼拝堂に向かおうとしたら、早紀が私のウエディングドレス姿を見て感極まったのか、突然泣きだした。

「まだ式は始まっていないわよ。泣くの早すぎ」

早紀の肩を優しく叩いてそう言葉をかけたら、彼女がしゃくりあげながら私を見つめてくる。

「だって……だって……葵のドレス姿がすごく綺麗で……」

彼女は私がつらい時も悲しい時もずっとそばにいてくれた。私の一番の親友だ。

京介と同居することになった時は、バスルームで彼女に電話してアドバイスを求めたこともあった。今考えるとおかしくて笑っちゃうけど。

「うん、うん。ありがと、早紀」

私が着ているのはクラシカルなAラインのウエディングドレスで、京介と衣装合わせをして選んだもの。純白のチュールに存在感のあるレースとビーズをあしらった、とても華やかなドレスだ。十着ほど試着したのだけれど、京介がひと目見て『これが一番好きだな』と言ったので、このドレスに決めた。自分では決められなかったし、彼が綺麗と思うものにしたかったのだ。

泣いている早紀を宥めるように肩を抱いていたら、京介と学、それに春斗さんが現れた。京介は真っ白のタキシードで、学と春斗さんは黒のスーツを着ている。

「もうそろそろ始まるぞ……って、木村さんどうかしたのか？」

泣いている早紀を見て男性陣が皆ビックリした顔をしているので、早紀の顔を隠しながらニコッと微笑んだ。

「ちょっといろいろ思いが込み上げてきたみたいでね。学、早紀を礼拝堂に連れていってあげて」

京介たちにそう説明して、学に声をかける。

「わかった」

学に早紀を任せると、ふたりは先に礼拝堂に向かった。

「ねえ、片桐がいないようだけど？」

一緒にチャペルに来た彼の姿が見えないので確認すると、京介が淡々とした口調で答える。

「彼はもう礼拝堂で一眼レフ構えて待ってるよ。人のことを気にするなんて余裕じゃないか」

なんだか拗ねた感じに聞こえるのは気のせいだろうか？

「内輪だけの式だからかしら？　不思議と緊張していないの。すごくわくわくしてる」

高校の頃から何度彼との結婚式を想像したかわからない。

少し興奮気味に返したら、京介がホッとした顔をする。

「それはよかった。がちがちに緊張してるかと思った」

「私も昨日までは絶対に緊張するかと思ってたわ」

ふふっと笑う私を見て、春斗さんがいつも以上にハイテンションで言う。

「葵さんいつも綺麗だけど、もう今日は女神が降臨したみたいって……いつも女神なんだけど、とにかく綺麗だよ」

「ありがとう」

褒めてくれたのが嬉しくて礼を言うと、彼は青いビロードのケースを出して京介に声をかけた。

「京介、これ。間に合ってよかったよ」

「ああ。サンキュ」

京介が礼を言ってビロードの箱からアクセサリーを取り出し、私の首に手を回してきた。

「え？　なに？」

まさか結婚式のためになにか宝石を買ったの？

気になって京介の腕を掴もうとしたら、彼に優しく注意された。

「動かないで。最後の仕上げだ」

意味深な言葉を言って彼が私にネックレスをつけるが、それは見覚えのあるものだった。

二カラットほどのひと粒ダイヤのネックレス。昔見た父と母の結婚式の写真で母がつけていたものだ。胸元でダイヤがキラキラ輝いている。

「これ……」

驚きでそれしか言葉が出てこなかった。

「葵のお母さんのネックレスだよ。なんとか取り戻したくてずっと探してたら、最近オークションに出てて、春斗に頼んで手に入れてもらったんだ」

京介のことだ、いろいろコネを使って探していたのだろう。

彼の話を聞いて、涙がじわじわと込み上げてきた。

「嘘……」

義母が処分してしまい、もう見ることはないと思っていた。

「こんなサプライズを用意していたなんて……ズルい」

文句を言うと同時に涙がこぼれてしまい、彼が少し困ったような顔をして笑った。

「ごめん。でも、葵を世界一幸せな花嫁にしたくてね」

「私に甘すぎよ」

「うん。でも、葵が喜んでくれれば俺も嬉しいし、葵のご両親も一緒にいるような気持ちになるだろ？」

優しい笑みを浮かべる彼に、泣きながら礼を言う。

「京介……ありがとう」

「ほら、泣くのはそれくらいにしないと、化粧が落ちるよ」

京介が私の涙を指で拭いながら注意するけど、嬉しさと驚きで胸がいっぱいで自分ではどうにもできなかった。

「わ、わかってる。でも……」

涙が止まらない。

「仕方ないな」

やれやれというようなその言葉の後、なにか柔らかいものが私に触れた。それは彼の唇。

「んん⁉」

——突然のキス。目と鼻の先には、京介の顔。

私が驚いて目を見張っていると、彼が楽しげに笑ってキスを終わらせた。

「どうやら涙は止まったようだな」

かった。


……確信犯。

「きょ、京介〜！　春斗さんもいるのに」

恥ずかしくて京介の胸をボコボコ叩いていたら、彼が余裕の表情で返す。

「春斗ならいないよ。気を利かせたみたいで先に行った。だから大丈夫」

京介の言葉でキョロキョロと辺りを見回すが、彼の言うように春斗さんの姿はなかった。

……嘘。気づかなかった。

「全然大丈夫じゃないわ。もう顔が熱い」

「涙は止まっただろ？　それに血色もよくなったよ。綺麗だ」

京介が私を見つめてきて、心臓がトクンと高鳴る。

「本当にそう思う？」

京介に一番綺麗だと思われたかったから上目遣いに確認すると、彼は極上の笑みを浮かべた。

「ああ。心からそう思ってるし、もう奥さんにしか『綺麗』って言わない」

「そ、そんな誓いは立てなくても……。綺麗な人はいっぱいいるし」

京介の言葉は嬉しいけど、束縛するつもりはないのでそう返したら、彼は真剣な眼差しで重ねて言う。

「俺が綺麗だと思うのは葵だけだから」

京介と婚約するまでずっと欲していた言葉。彼の口から聞くと、本当に嬉しいし、魔法をかけられたみたいに自分に自信が持てる。

彼はちゃんと意識して言ってくれているのだ。

「京介……」

また感動で泣きそうになる私に、彼はわざと軽口を叩いてニヤリとする。

「俺ってつくづくパーフェクトな夫だよな」

実は今日の午前零時に春斗さんが私と京介の婚姻届を東京の区役所に提出してくれて、私は芹沢葵になった。

「はいはい、そうですね。それに……カッコいいわ。王子さまみたい」

クスッと笑って相槌を打つと、彼をうっとりと見つめた。

日本人が白いタキシードを着こなすのは難しいけど、彼は長身で端整な顔立ちをしているせいかとてもよく似合っている。本当に私にはもったいないくらいパーフェクトな夫だ。

「王子は恥ずかしいよ」

少し照れながら文句を言う夫がかわいい。

「今日はいいでしょう？　私たちの特別な日だもの」

「仕方ないな。さあて、そろそろ行かないと」

京介が私の手を掴んで礼拝堂の方に歩き出したが、なにか思い出したのか立ち止まった。

「そうだ。俺の唇に口紅ついてない？」

「大丈夫。今日はついていないわ」

そういえば、昔ＦＵＪＩＭＩＹＡのエレベーターの中でキスされて、京介の唇に口紅がついて……それを春斗さんに指摘されたことがあったわよね。

ニコッと微笑んで再び歩き出すと、時間が押していたのか礼拝堂の前でスタッフがおろおろしながら私たちを待っていた。

「お待たせしてすみません」

京介が完璧な笑顔でスタッフに謝り、礼拝堂の前で待機する。

しばらくしてバッハの『Ｇ線上のアリア』の曲が流れだし、礼拝堂の扉が開いた。

「行くよ」

私を見つめて声をかけてくる彼の腕に手を添え、「うん」と笑顔で返事をする。

普通バージンロードは父親にエスコートしてもらうものだけど、父は亡くなったから京介と一緒に歩くことにしたのだ。

彼は手術の前日、病室に泊まって私にずっと付き添ってくれたらしい。それから今日まで一日も離れることなく私についていてくれた。だから、これからも一緒に未来を歩んでいくという意味を込めて、彼と歩きたかった。

三十メートルほどの真っ白なバージンロードの先には祭壇があって、目の前にはエメラルドブルーの綺麗な海が広がっている。チャペルの中は光で満ち溢れていて、神に祝福されているような気がした。

京介と一歩一歩ゆっくりと幸せを噛みしめるようにバージンロードを歩いていく。

参列者の席には学、早紀、春斗さん、それにカメラを構えた片桐の姿があって、自然と笑みがこぼれた。

大好きな人たちにも祝ってもらって最高に幸せだ。距離を置いていた祖父とも今は誤解が解けて和解し、仕事や体調もあって式に出席はできないけれど【幸せになりなさい】とお祝いのメッセージをもらった。

讃美歌を歌い、厳粛な気持ちで牧師の話を聞き、そして小さい頃から憧れていた誓いの言葉となった。

「病める時も、健やかなる時も……共に支え合うことを誓いますか？」

牧師の問いかけに京介が私と微笑みを交わし、しっかりとした口調で答える。

「はい、誓います」

牧師が小さく頷き、今度は私に目を向けた。

「病める時も、健やかなる時も、……愛し合い、共に支え合うことを誓いますか？」

再び京介と目を合わせて、とびきりの笑顔で「はい、誓います」と返事をした。

それから誓いの証として指輪を交換する。この結婚指輪は京介が沖縄に外商を呼んで、ふたりで選んだもの。

プレーンなプラチナのリングだけれど、とても光沢があって綺麗だ。私の指輪には小さなダイヤが埋め込まれている。

人に指輪なんて嵌めたことがなかったからスムーズにいかず、「あれ？　どうして入らないの？」と思わず声に出してしまい、京介がクスッと笑った。

「落ち着いて。俺は逃げないから」

「ごめんなさい」と言いながら、彼と見つめ合っていたら、「コホン」と片桐の咳払いが聞こえてハッとした。

いけない。ちゃんとしないと。

顔が少し熱くなるのを感じながらなんとか指輪を嵌めてホッとしていたら、今度は誓いのキス。

京介に『人前でするのは恥ずかしいから、キスするフリをして』とお願いしていたのだけれど……。

彼が顔を近づけ、みんなに見せつけるようにゆっくりとキスをしてきたものだから瞠目《どうもく》して固まった。

え？　え？　どうして？

問いかけるように京介を見たら、彼が悪戯っぽく目を光らせて微笑する。

「俺の奥さんだって思い知らせてやりたかったんだよ」

チラッと片桐を見やったのはどうして？

式を挙げているのだから、思い知らせる必要なんてないのでは？

心の中でそんなつっこみをしていたら、京介が私の耳元で囁いた。

「それに綺麗な葵を見て、我慢できなくなったんだ」

もう、そんなことを言われたら文句を言えなくなるじゃないの。

ホント、彼には敵わない。

彼と一緒にチャペルを出ると、赤、黄、青、緑といった色とりどりのたくさんの風船が一斉に空に上がり、思わず歓声をあげた。

「わあ、すごい」

「本当、こんな演出あったっけ？」

京介も驚きながら首を傾げていたら、春斗さんが結びつけてあるピンクと青のハート形の風船を持って、にっこりと微笑んだ。

「京介の親父さんからだよ。出席できないから盛大にお祝いしてくれって」

京介のお父さまは先月退院し、今は無理をしない程度に仕事をしているそうだ。時々京介ともテレビ会議でやり取りをしている。

「確かに盛大だな」

京介が頬を緩めるのを見て、少し安堵した。

京介のお父さまもきっと息子の幸せを願っているはず。それが京介にも伝わったと思う。

「これ、ふたりの共同作業。一緒に飛ばして」

春斗さんから私と京介はピンクと青の風船を受け取り、京介の「せーの」という合図で空に飛ばした。

空高く舞い上がる風船を見つめながら、小さく笑みをこぼす。

「あの風船、ずっと一緒ね」

ピンクと青の風船がふたつ並んで飛んでいくのを見て、自分たちの姿と重ねてしまう。

京介も同じように思ったのか、コクッと頷いて私の肩をそっと抱いた。

「ああ。俺たちもずっと一緒だ」

番外編　俺の家族　―　京介 side

「この人混みを好む人間がいたとはね」

大晦日《おおみそか》の夜、俺たちは都内でも有名な神社の境内にいた。

時刻は午後十一時四十分。

俺と葵は今年の春に結婚し、現在は東京で暮らしている。

葵の病気の方は再発の心配もなくなり、今は三カ月に一度病院に検査に行く程度。元気になった彼女とふたり幸せな新婚生活を送っている。

苦笑いしながら周囲に目を向けると、どこも人だらけ。こういう賑やかな年越しは初めてだ。

祖母の家にいた時は、一緒に年越しそばを食べて、テレビを観ていた。学生時代は友人とパーティーをして過ごし、社会人になってからはずっと仕事をしていたような気がする。

「好んではいないけど、京介と真夜中の初詣がしたかったの。だって、去年は私、沖縄で療養中だったじゃない？」

「あの時は命がかかってたからな」

今こうして普通の生活を送れているのは奇跡だ。

特効薬がなかったら、今頃まだ病院にいて、寝たきりになっていたかもしれない。

特効薬を見つけたのも偶然だった。買収した海外の製薬会社が開発を進めていた薬を試したのだ。俺が製薬会社の副社長でなければ、まだ認可されていない薬を葵に使用することはできなかっただろう。本当に運がよかったのだ。

今、葵と同じように難病に苦しんでいる患者にも投薬ができるよう政府と相談して手続きを進めている。それまでは治験という形で推し進めるつもりだ。病気は待ってはくれない。

葵は今、難病患者支援の財団の仕事を手伝ってくれていて、病院への慰問を積極的に行っている。

「なんだか遠い昔の出来事に思える。今こんな風に初詣できるのも京介のお陰ね」

感謝なんてしなくていい。元気で俺のそばにいてくれれば。

「初詣以外に俺とやりたいことってあるのか？」

話を逸らすと、彼女が悪戯っぽく目を光らせた。

「放課後制服デート」

予想外の言葉が出てきて絶句する。

「それは……さすがに無理だな。写真屋で制服着て写真撮るくらいならいけるだろうけど」

制服は着られても、俺は似合わないだろう。だが、葵なら違和感はないはず。

「ふふっ」

葵が楽しげに笑うものだから、首を傾げて聞き返す。

「なに？」

「真剣に考えてる京介がかわいいと思って」

屈託のない笑顔で言わないでほしい。

「愛しい妻の願いを叶えてあげようって俺も必死なんだよ」

じっとりと葵を見たら、彼女がクスクス笑いながら謝った。

「ごめんなさい。軽く聞き流していいのに」

「よくないよ。……最近、考えるんだ。もし高校の時に、葵に告白されてたら、俺はどうしただろうって……」

もう一度過去に戻ってみたい気もする。

「私が告白しても本気とは思わず、冗談だと思って軽く流したんじゃないかしら？」

「うーん、どうだろう。今思うと、意地悪な自分を見せてたのは葵だけだったし、すごく真剣に考えて付き合っていたかもしれない」

葵がなんでも一生懸命だったから、俺も手を抜かずに勉強や部活を頑張れたんだと思う。

少しやればなんでもできてしまうのは結構つまらないもので、葵と会うまではいつだって退屈していた。

そう、葵がいたから充実した学生生活を送れたのだ。

「もうどっちでもいいじゃない。結婚して一緒にいるんだもの」

葵が俺の腕に抱きついてきて、目を合わせて微笑みを交わした。

「そうだな」

今、こうして触れられることが大事。

「あっ、見て。雪が舞ってる」

葵が手を伸ばして雪を捕まえるのを見て、小さく笑った。

「本当だ。寒くないか？」

「大丈夫。全身完全防備だから」

風邪でも引かれたら大変なので、防寒対策をしっかりしてきたのだ。

葵が身につけているのは、膝丈まであるダウンコート、電熱のダウンベストにダウンブーツ。軽くて動きやすく、それに温かい。

それでも頬に触れる空気は冷たかったので、なにか温かい飲み物を探して視線を彷徨《さまよ》わせていたら、露店の【甘酒】と書かれた旗が目に飛び込んできた。

「ちょっと甘酒飲んで温まろう」

近くの露店で甘酒を買い、葵に手渡す。

「ほら、これ飲んで」

まずは葵が温まるのが先だ。

「京介は？」

甘酒がひとつしかないのを見て、彼女が聞いてくる。

「葵、どうせ飲みきれないだろう？」

「ふふっ、わかってるわね」

笑いながら葵が甘酒を口にし、「熱いっ！」と声をあげる。

「大丈夫か？　ちょっと貸して」

葵の手から甘酒を奪ってフーフーすると、彼女がクスクス笑った。

「京介、私のお母さんじゃないんだから」

「夫が妻のためにフーフーしてなにが悪い？」

「……悪くはないけど、京介って世話好きよね？」

春斗にも『京介は過保護すぎ』とか『尽くしすぎ』とかからかわれるが、彼女は余命宣告までされてたのだから仕方がないと思う。

「葵限定だよ。さあ、もういいかな」

俺がひと口試しに飲んで甘酒の入ったカップを葵の口元に持っていく。

「ありがと。……うん。美味しい」

葵が普通にゴクッと口にするのを見て、フッと笑う。

「婚約当初間接キスとか言って騒いでたのが懐かしいな」

「結婚しても騒いでたら、笑われるでしょう？」

「まあね」

クスッと笑うと、ゴーンと除夜の鐘が鳴った。

「あけましておめでとう」

チュッと葵に口づければ、彼女の顔がみるみる真っ赤になった。

「きょ……京介、な、なにするの～！　人がいるのに」

「動揺しすぎ。年が明けたお祝いじゃないか。海外では珍しくないよ」

澄まし顔で言えば、彼女が激しく動揺しながら俺の胸をバシバシ叩いてくる。

「こ、ここ日本」

やっぱり葵はこうでなくちゃな。

「ほらお参りの列に並ばないと」

まだ顔が真っ赤な葵の肩を掴んで列に並ぶ。

順番が回ってくると、長財布からお札を抜いて賽銭箱へ入れ、手を合わせた。

彼女がずっと元気でありますように——。

祈り終わるが、横にいる葵がまだ手を合わせているので、「葵？」と声をかける。

「あっ、ごめんなさい」

葵がハッとした様子で謝って脇にどくと、彼女に尋ねた。

「なにをそんなに一生懸命祈っていたのかな？」

「秘密」

葵が俺から少しずつ目を逸らすものだから、なんとしても知りたくなる。

「夫婦で隠し事はよくないな」

彼女の頬を両手で挟んで無理やり目を合わせて圧をかけると、彼女が上目遣いに聞いてきた。

「だったら、京介のを先に教えてくれる？」

まあ俺の願いは彼女にも想像がついてるだろう。

「葵の健康を祈ったよ」

平然と言えば、彼女がやっぱりという顔で俺に注意する。

「自分のことも祈ってよ」

「まずは葵が大事だから。で、葵はなにを願った？」

俺への注意は軽く聞き流して葵に迫ると、彼女は俺の反応を気にしながらポツリポツリと答える。

「あの……その……赤ちゃんが……できますようにって」

「……ああ」

まだ結婚したばかりだし病気もしてたから、俺はまだ子供は後でもいいかと思ったが、彼女は欲しいんだな。聞いておいてよかった。

「ほら、お医者さんも大丈夫って、太鼓判押してくれたでしょう？」

「そうだな。じゃあ、俺頑張らないと」

俺がやる気を見せると、彼女が急に表情を変えた。

「あっ……やだ。京介はいつも通りでいいのよ」

「いや、奥さんの願いは叶えてあげないと」

「き、気合いは入れなくていいから」

「大丈夫。ちゃんと加減するから。なんなら今日から子づくり始めても――」

葵が俺の口を手で塞いで声を潜める。

「京介！　シーッ！」

ほんと、からかい甲斐《がい》があるというか、かわいい。

そこは学生時代から変わってないな。

「はいはい。ちょっとからかっただけだよ。おみくじ引く？」

ククッと笑って社務所の方に目を向ければ、葵が目を輝かせた。

「引きたい。修学旅行以来かも」

「俺も似たようなものかな」

社務所に移動しておみくじを引くと、ふたりとも大吉だった。

「京介はやっぱり大吉だったわね。私、凶じゃないかってドキドキだった」

「凶も逆に運がいいというけど、どれ」

自分のおみくじより葵の内容が気になって、彼女の持っている紙に目を向ける。

願望、待人、旅行などいろいろ項目はあるが、俺が見たかったのは病気と出産のところ。

病気の欄には治るとあり、出産は安産と書かれていてホッとする。

たかがおみくじかもしれないが、やはり彼女が大病を患っていただけに縁起を担ぎたいのだ。

「京介、商売は十分幸福あり、病気は気遣いなし、信心せよですって」

「ふたりともいいこと尽くしだな」

「赤ちゃん、できたらいいな」

自分のおみくじを見つめてはにかむ彼女がかわいい。

きっといいママになるんだろうな。

「じゃあ、早速今夜から励もうか」

葵を抱き寄せてからかうと、彼女がまた頬を赤くしながら俺の胸を叩いた。

「もうニコニコ顔で言わないで！」


それから暖かな春が訪れて……。

「ただいま」

仕事を終えて帰宅すると、「おかえりなさい」と葵が玄関に早足でやって来て出迎えた。

「朝体調悪かったんだから出迎えなんていいのに」

季節の変わり目なのか、彼女が怠そうだったので休んでいるように言ったのだ。

「もう体調いいの。本家のお手伝いさんもさっき帰ったわ」

いつもより三倍明るい笑顔だから、本当に無理はしていないようだ。

沖縄での療養を終えてからは、日中実家のお手伝いさんに来てもらっている。過去の経験から俺がいない時になにか起こるんじゃないかと心配なのだ。

「そう。夕飯は食べた？」

玄関を上がって葵の頬に触れれば、彼女がにっこりと微笑む。

「京介と一緒に食べようと思って」

今にも踊りだしそうなテンション。笑顔が顔面から溢れそう。

はて、今日なんかあったっけ？

葵の誕生日でも俺の誕生日でもない。結婚記念日でもない。この浮かれようはなんなんだろう。

「着替えてくるよ」

チュッとキスをして寝室で着替えると、ダイニングへ。

テーブルに目を向ければそこに用意されていたのは食事ではなく、エコー写真とメッセージカードだった。

【パパになりますよ】

メッセージカードを見て、一瞬固まった。

え？　本当に？

次にエコー写真を見つめると、豆粒のようなものが写っている。

「……赤ちゃんできたのか？」

心臓がドキドキしてきた。

「うん。最近生理来てないと思ってまず検査薬試したら陽性で、それで早紀に付き添ってもらって病院に行ってきたの。そしたら『ご懐妊ですよ』って」

キッチンで食事を準備していた葵が俺のところにやって来て、とびきりの笑顔で説明する。

「言葉で言い表せないくらい嬉しいよ」

いろいろな思いがどっと胸に込み上げてきて、葵を抱き寄せてギュッとした。

「次、一緒に病院に行ってくれる？」

「止められてもついていく」

上目遣いに聞いてくる葵に、笑顔で約束する。

昔は家族なんていらないと思った。

だが今は、彼女がいないと生きていけない。

葵は俺の半身。

彼女もお腹の子も全力で守る。

そう心に誓った――。


「パーパ、ママ、ママ」

積み木に飽きたのか、一歳になったばかりの娘が俺の腕を掴んで訴える。

名前は優衣《ゆい》。優しい子に育ってほしいという願いを込めて葵と名づけた。

目はビー玉のようにまん丸で、顔は葵に似ている。

「もうちょっとしたらママ帰ってくるよ」

優衣を抱き上げて優しく言うが、一歳児がそれで納得するわけがない。

「ママ、ママ、ママ――」

ママと連呼してぐずりだす娘。葵は髪を切りに美容院に出かけている。

「すぐに帰るよ。優衣、高い高い～」

娘のご機嫌を取ろうと両腕を何度も伸ばしてあやしたら、優衣が「きゃはは」と笑った。だが、すぐに「ママ」と言い出す。

高い高いでごまかせるわけないよな。

優衣を片手で抱っこすると、ソファに置いておいたスマホを手に取って葵にメッセージを打つ。

【優衣がぐずってる】

すぐに既読になって、【今、タクシー】と返事がきた。

あと五分くらいで帰ってくるか。まだ施術中じゃなくてよかった。

「ママ？」

まだ一歳なのだが、スマホのことはなんとなく理解していて、ママからの連絡だと思って優衣が確認してきた。

「そう。ママからだよ」

「マーマ、マーマ」

今度はマーマコール来たか。

あと五分ならなんとか待てるかな……なんて楽観視していたが、また優衣がぐずりだす。

「……ママ、マーマ」

「あー、はいはい」

スマホを操作して葵に電話をかけると、すぐに出た。

《優衣～、もうすぐ帰るから、いい子にして》

スマホを優衣の耳に当てれば、娘が嬉しそうにはしゃいだ。

「きゃは、マーマ」

やっぱりママが一番……か。

機嫌を直す娘を見てホッとしつつ、父親の不甲斐なさを感じる。

はいはい、パパはママにはなれないよ。

心の中でそんな言葉を呟いていたら、玄関のドアがガチャッと開く音がした。

「ママだ」

「ママ！」

娘と目を合わせてにっこり微笑むと、玄関へ。

靴を脱いで玄関を上がった葵が、俺と優衣を見て微笑む。

「ただいま」

「ママ～」

葵に手を伸ばして抱きつく優衣を見てちょっと悲しい気持ちになっていたら、葵が優衣を抱っこしながら俺の頬に「子守りありがと。大変だったみたいね」とチュッと口づけた。

「どういたしまして。『マーマ』コールがすごかったよ。俺はママにはなれないな」

彼女のご褒美のキスですぐご機嫌になるところは、俺も娘と変わらない。

「当然よ。京介はパパだもの。パパにはパパの役割があるの。ね、優衣」

葵が俺を見て微笑んで優衣に目をやると、優衣が「パーパ」とにっこり笑ってママを真似たのか、俺の頬にキスをする。

妻と娘からのキス。

休日の子守りは大変だが、最高に幸せかもしれない。

葵と微笑みを交わしながらそう思った。

The end.

あとがき

こんにちは、滝井みらんです。半年ぶりの新作ですが、最後までお楽しみいただけたら幸いです。

――芹沢家の面々――

優衣　おうましゃん、かわいい。
京介　そう。これはお馬さんだよ。まだ一歳なのに言えて優衣はえらいな。
春斗　ホント、二語文使えるなんてすごいね。
京介　乗馬クラブに頼んで馬買おうかな。
春斗　ぬいぐるみじゃなくて本物？　まだ一歳の優衣ちゃんに買っても乗れないでしょう？　パパは相当の親バカだね、優衣ちゃん？
優衣　はるー、これ、うしゃぎ。
春斗　そう。うさぎだよ。俺の名前も言えて賢いね。優衣ちゃん、春斗お兄さんがうさぎを買ってあげようか？
京介　春斗、お前も人のこと言えないじゃないか。

優衣　おうましゃん、うしゃぎ、しゅき～。
圭吾　ほお、優衣ちゃんは動物が好きかあ。だったら、これはなんだ？
優衣　じーじ、これ、ねこ。しゅき～。
圭吾　そうか。猫好きかあ。だったら、じーじがプレゼントしてあげよう。
葵　お義父さま、京介、春斗さん！　ダメですよ。うちを動物園にする気ですか？
圭吾　葵さん、すまない。優衣ちゃんがかわいくてね。
京介　親父も葵と優衣には弱いな。でも、なにか動物を飼うのはいいと思うよ。
優衣　パーパ、これ、ぱんら。
京介　そう。パンダだよ、優衣。さすがにパンダは買えないから、今度みんなで動物園に行こう。

芹沢家、賑やかで楽しそうですね。最後に、いつもそそっかしい私を支えてくれる編集担当さま、また、美麗なイラストを描いてくださったさばるどろ先生、厚く御礼申し上げます。そして、いつも応援してくださる読者の皆さま、心より感謝しております。素敵な時間をお過ごしくださいね！

滝井《たきい》みらん

滝井みらん先生への
ファンレターのあて先

〒104-0031
東京都中央区京橋1-3-1
八重洲口大栄ビル7F
スターツ出版株式会社　書籍編集部　気付

滝井みらん先生

本書へのご意見をお聞かせください

お買い上げいただき、ありがとうございます。
今後の編集の参考にさせていただきますので、
アンケートにお答えいただければ幸いです。

下記URLまたは二次元コードから
アンケートページへお入りください。
https://www.ozmall.co.jp/enquete/IndexTalkappi.aspx?id=2301

目を覚ますと初めましての
御曹司と婚約してました
～君が記憶を失くしても、この愛だけは忘れさせない～

2025年3月10日　初版第1刷発行

著　者　滝井みらん
©Milan Takii 2025
発行人　菊地修一
デザイン　hive & co.,ltd.
校　正　株式会社鷗来堂
発行所　スターツ出版株式会社
〒104-0031
東京都中央区京橋1-3-1　八重洲口大栄ビル7F
TEL　03-6202-0386（出版マーケティンググループ）
TEL　050-5538-5679（書店様向けご注文専用ダイヤル）
URL　https://starts-pub.jp/
印刷所　大日本印刷株式会社

Printed in Japan

ISBN 978-4-8137-1711-9　C0193

ベリーズ文庫 2025年3月発売

『目を覚ますと初めましての御曹司と婚約してました～君が記憶を失くしても、この愛だけは忘れさせない～』 滝井《たきい》みらん・著

令嬢である葵は同窓会で4年ぶりに大企業の御曹司・京介と再会。ライバルのような関係で素直になれずにいたけれど、実は長年片思いしていた。やはり自分ではダメだと諦め、葵は家業のため見合いに臨む。すると、「彼女は俺のだ」と京介が現れ!? 強引にニセの婚約者にさせられると、溺愛の日々が始まり!?

ISBN 978-4-8137-1711-9／定価836円（本体760円＋税10%）

『無口な自衛官パイロットは再会ママとベビーに溺愛急加速中！【自衛官シリーズ】』 惣領《そうりょう》莉《り》沙《さ》・著

美月はある日、学生時代の元カレで航空自衛官の碧人と再会し一夜を共にする。その後美月は海外で働く予定が、直前で彼との子の妊娠が発覚！ 彼に迷惑をかけまいと地方でひとり産み育てていた。しかし、美月の職場に碧人が訪れ、息子の存在まで知られてしまう。碧人は溺愛でふたりを包み込んでいき…！

ISBN978-4-8137-1712-6／定価825円（本体750円＋税10%）

『「完全なる失恋だ」と思っている夫婦ですが、実は相思相愛です！～無愛想な脳外科医はお人好し新妻を放っておけない～』 高田《たかだ》ちさき・著

お人好しなカフェ店員の美与は、旅先で敏腕脳外科医・築に出会う。無愛想だけど頼りになる彼に惹かれていたが、ある日愛なき契約結婚を打診され…。失恋はショックだけどそばにいられるなら――と妻になった美与。片想いの新婚生活が始まるはずが、実は築は求婚した時から滾る溺愛を内に秘めていて…!?

ISBN 978-4-8137-1713-3／定価825円（本体750円＋税10%）

『いきなり三つ子パパになったのに、エリート外交官は溺愛も抜かりない！』 吉澤《よしざわ》紗《さ》矢《や》・著

花屋店員だった麻衣子。ある日、友人の集まりで外交官・裕斗と出会う。大人な彼と甘く熱い交際に発展。幸せ絶頂にいたが、ある政治家とのトラブルに巻き込まれ、やむなく裕斗の前から去ることに…。数年後、三つ子を育てていたら裕斗の姿が！ 「必ず取り戻すと決めていた」一途な情熱愛に捕まって…！

ISBN 978-4-8137-1714-0／定価836円（本体760円＋税10%）

『生涯、愛さないことを誓います。～溺愛禁止の契約婚のはずが、女嫌い御曹司が甘く迫ってきます～』 美甘《みあま》うさぎ・著

父の借金返済のため1日中働き詰めな美鈴。ある日、取り立て屋に絡まれたところを助けてくれたのは峯島財閥の御曹司・斗真だった。美鈴の事情を知った彼は突然、借金の肩代わりと引き換えに“3つの条件アリ”な結婚を提案してきて!? ただの契約関係のはずが、斗真の視線は次第に甘い熱を帯びていき…！

ISBN 978-4-8137-1715-7／定価836円（本体760円＋税10%）

ベリーズ文庫　2025年3月発売

『君を愛していいのは俺だけだ〜コワモテ救急医は燃える独占欲で譲らない〜』葉月《はづき》まい・著

図書館司書の菜乃花。ある日、友人の結婚式に出席するが、同じ卓にいた冷徹救命医・颯真と荷物を取り違えて帰宅してしまう。後日落ち合い、以来交流を深めてゆく二人。しかし、颯真の同僚である小児科医・三浦も菜乃花に接近してきで…！「もう待てない」クールなはずの颯真の瞳には熱が灯り…！

ISBN 978-4-8137-1716-4／定価825円（本体750円＋税10%）

ベリーズ文庫with　2025年3月発売

『アラサー速水さんは「好き」がわからない』一ノ瀬《いちのせ》千景《ちかげ》・著

アラサーの環は過去の失恋のせいで恋愛に踏み出せない超こじらせ女子。そんなトラウマを植え付けた元凶・高史郎と10年ぶりにまさかの再会!?　医者として働く彼は昔と変わらず偏屈な朴念仁。二度と会いたくないほどだったのに、彼のさりげない優しさや不意打ちの甘い態度に調子が狂わされてばかりで…！

ISBN 978-4-8137-1718-8／定価825円（本体750円＋税10%）

ベリーズ文庫 2025年4月発売予定

Now Printing

『仮面婚～女嫌いパイロットが清廉な堅物女子に落ちるとき』紅《くれない》カオル・著

空港でディスパッチャーとして働く史花。ある日、ひょんなことから男性と顔合わせをすることに。現れたのは同社の女嫌いパイロット・優成だった！　彼は「女性避けがしたい」と契約結婚を提案してきて!?　驚くも、母を安心させたい史花は承諾。冷めた結婚が始まるが、鉄仮面な優成が激愛に目覚めて…!?

ISBN978-4-8137-1724-9／予価814円（本体740円＋税10%）

Now Printing

『その契約（プロポーズ）、お受けします～悪辣外科医に娶られましたが、幸せになってみせます～』伊月《いづき》ジュイ・著

外科部長の父の薦めで璃子はエリート脳外科医・真宙と出会う。優しい彼に惹かれ結婚前提の交際を始めるが、ある日彼の本性を知ってしまい…!?　母の手術をする代わりに真宙に求められたのは契約結婚。悪辣外科医との前途多難な新婚生活と思いきや――「全部俺で埋め尽くす」と溺愛を刻み付けられて!?

ISBN978-4-8137-1725-6／予価814円（本体740円＋税10%）

Now Printing

『タイトル未定（警視正×離婚前提婚）』田崎《たさき》くるみ・著

過去のトラウマで男性恐怖症になってしまった澪は、父の勧めで警視正の壱夜とお見合いをすることに。両親を安心させたい一心で結婚を考える澪に彼が提案したのは「離婚前提の結婚」で…!?　すれ違いの日々が続いていたはずが、カタブツな壱夜はある日を境に澪への愛情が止められなくなり…！

ISBN978-4-8137-1726-3／予価814円（本体740円＋税10%）

Now Printing

『タイトル未定（極氷御曹司×氷の女王×仮面夫婦）』にしのムラサキ・著

名家の娘のため厳しく育てられた三花は、感情を表に出さないことから"氷の女王"と呼ばれている。実家の命で結婚したのは"極氷"と名高い御曹司・宗之。冷徹なふたりは仮面夫婦として生活を続けていくはずだったが――「俺は君を愛してしまった」と宗之の溺愛が爆発！　三花の凍てついた心を溶かし尽くし…

ISBN978-4-8137-1727-0／予価814円（本体740円＋税10%）

Now Printing

『そして俺は、契約妻に恋をする』白亜凜《はくありん》・著

令嬢・香乃子は、外交官・真司と1年限定の政略結婚をすることに。愛なき生活が始まるも、なぜか真司は徐々に甘さを増し香乃子も心を開き始める。ふたりは体を重ねるも、ある日彼には愛する女性がいると知り…。香乃子は真司の前から去るが、妊娠が発覚。数年後、ひとりで子育てしていると真司が現れて…！

ISBN978-4-8137-1728-7／予価814円（本体740円＋税10%）

タイトル、価格等は変更になることがございますのでご了承ください。

ベリーズ文庫 2025年4月発売予定

Now Printing

『タイトル未定(外科医×双子ベビー)』日向野《ひなたの》ジュン・著

日本料理店で働く美尋は客として訪れた貴悠と出会い急接近！ふたりは交際を始めるが、ある日美尋は貴悠に婚約者がいることを知ってしまう。その時既に美尋は貴悠との子を妊娠していた。彼のもとを離れシングルマザーとして過ごしていたところに貴悠が現れ、双子ごと極上の愛で包み込んでいき…！

ISBN978-4-8137-1729-4／予価814円（本体740円＋税10%）

ベリーズ文庫with 2025年4月発売予定

Now Printing

『タイトル未定(バツイチ女子×クセあり年上幼馴染)』白石《しらいし》さよ・著

バツイチになった琴里。両親が留守中の実家に戻ると、なぜか隣に住む年上の堅物幼馴染・孝太郎がいた。昔から苦手意識のある孝太郎との再会に琴里はげんなり。しかしある日、琴里宅が空き巣被害に。恐怖を拭えない琴里に、孝太郎が「しばらくうちに来いよ」と提案してきて…まさかの同居生活が始まり!?

ISBN978-4-8137-1730-0／予価814円（本体740円＋税10%）

Now Printing

『ダメな私でも、好きですか？』朧月《おぼろづき》あき・著

完璧主義なあまり、生きづらさを感じていた鞠乃。そんな時社内で「もさ男」と呼ばれるシステム部の蒼にズボラな姿を見られてしまう！　幻滅されると思いきや、蒼はありのままの自分を受け入れてくれて…。自然体な彼に心をほぐされていく鞠乃。ふたりの距離が縮んだある日、突然彼がそっけなくなって…!?

ISBN978-4-8137-1731-7／予価814円（本体740円＋税10%）

タイトル、価格等は変更になることがございますのでご了承ください。